Rostro oculto

Tacoa y los Tarmas
Novela

Orlando Medina

Tabla de contenido

Créditos

Rostro Oculto
Novela
Orlando Medina

Editor,
Corrección de textos,
Diseño y Diagramación:
Alejandro Chicotte Farfán

Depósito Legal: 1f25220128003971
ISBN: 978-980-12-6167-4

Impresión:
Inversiones Sorridendo, C. A.
+58.414.1285020

https://chicottada.com.ve/espacio-literario-de-libros-y-autores/

YouTube: Chicottada Channel

Caracas - Venezuela
Marzo 2013.

Agradecimiento

A Delvalle Vidalia mi esposa,

por todo su apoyo y empeño en este gran proyecto,

a mis Hijos Linda Coromoto, Orlando Jesús y Ana Victoria

Dedicatoria

A: Belkys Molina, Libia Muñoz, los Bomberos del Distrito Federal: Octavio Nieto, Luís Antonio Moreno y Héctor Jesús Bermejo, sobrevivientes de la tragedia de Tacoa, a Francisco Vielma, Ana Cáceres, Lucho Tugues, Marina Gonzales, Luis De Santiago, Ender Libardo García, Ismael Pereira, al QH: Carlos Urdaneta, al pueblo de Tarma sus ancestros y a sus actuales habitantes, a la biblioteca pública de la Guaira José María España y al Cuerpo Técnico de Policía Judicial hoy CICPC.

Exordio

Rostro Oculto, es una novela del genero policial que tiene toda la carga emotiva de un autor que relata vivencias impregnadas de un realismo mágico.

El autor, Orlando Medina, con un espíritu cargado de una doble vocación muy arraigada por las máximas de experiencia: la narrativa en el género histórico – policial y la pesquisa de campo en el ámbito de la investigación criminal con su clásico estilo, nos relata un hecho cierto que aun reverbera en la mente de los venezolanos: El Caso Tacoa, Historia contemporánea de la década de los ochenta con citas verificadas en el escenario del actual Estado Vargas y fechado en los días de la colonia nos traslada a un pasado ignorado por muchos, pero real, a través de fenómenos aun estudiados por las ciencias.

Un mismo sitio, dos escenarios ¿Los mismos actores? y es que el autor, a quien no dudo en calificar como un narrador que pincela los detalles, cual pesquisa policial que analiza el escenario de un crimen, que nos obliga a cerrar los ojos y detener la lectura para trasladarnos en cuerpo y alma al lugar relatado.

Su narrativa es una manera de ejemplificar el principio de que, en la mayor parte de las pesquisas judiciales, la casualidad es la que pone en la pista, basta con un buen olfato para seguirla hasta dar con la presa.

Con esta lectura, he recordado detalladamente el Caso Tacoa y comprendido la histórica participación de nuestros ancestros. Recorrí cuatro siglos de historia y sentí la llamarada que consumió a Prepocunate el Cacique Tarma y a los héroes de Tacoa.

Realidad e imaginación o realidades no imaginadas; no es fácil de discernir entre ambas, ¿Podrá el lector desmadejar las incógnitas?

Los invito a entrar en el mundo de Rostro Oculto.

Raúl Ramírez Pinto
Comisario General del CICPC
Profesor de la Escuela de Antropología UCV

Prólogo

Cuando se lee un libro se asume un riesgo, se consagra un pacto con el escritor, nos dejamos llevar de la mano por ignotos paisajes e intrincados laberintos que no son otros que los de su propia mente.

No somos inocentes somos más bien cómplices, en especial si el género en el cual estamos transitando es el de la novela policíaca, esperamos o mejor dicho tenemos la certeza que la lectura nos deparará un misterio, el cual intentamos resolver, felizmente siempre sin éxito, armados únicamente con el "portento" de nuestros poderes deductivos.

Nos es imposible evitar jugar al detective, a sabiendas que el autor con evidente alevosía nos cuenta la historia al revés de como la concibió, es decir, inventa la solución del misterio y la construye hacia atrás, de manera incompleta e imperfecta para que así los lectores, en evidente desventaja, fracasemos en el intento de coronarnos como perfectos émulos de Holmes, Poirot, Hammer o de William de Baskerville.

Se hace así evidente que nuestro guía, ese cómplice con quien hemos cerrado el pacto y con entusiasmo le hemos entregado nuestra mano, es un experto en el arte de alterar evidencias y contaminar las escenas del crimen.

Cuando leemos una novela o un cuento de este género lo que nos satisface, no sin cierto placer masoquista, es precisamente fracasar como investigadores, de eso se trata una buena obra policíaca y es por eso que cerramos el libro con una media sonrisa de gozo y con el alivio de que el autor se salió con la suya.

Orlando Medina lo logra en su novela "El Rostro Oculto", crea una madeja de historias y eventos con el fin de dejarnos sin oportunidad ante el misterio, se vale de momentos, hechos y personajes históricos, que para algunos de nosotros están todavía vivos en nuestra memoria, los amalgama con seres sacados de su imaginación de tal manera tratados que se constituyen en un "ancla" con la realidad, induciéndonos a preguntarnos ¿es este un relato real, que podemos investigar por nuestra cuenta en algún archivo sumarial? Pero de la misma manera como nos pone los pies en playas de lo real histórico de súbito nos lanza en saltos acrobáticos en el tiempo, son las vicisitudes y sangriento heroísmo de los primeros pobladores de nuestras tierras lo que Medina nos presenta sin pausa para caer luego en los oscuros pasajes de una mente poseída, operativos policíacos, investigaciones rigurosas se van sucediendo como afluentes de la trama principal para terminar en el sorprendente final de la novela.

El profesionalismo de Orlando Median como investigador policial es evidente en el rigor de la descripción de los hechos criminales y en el desarrollo de la investigación, sin cabos sueltos, de los hechos narrados en la novela.

Ambientada en los años ochenta con su argot popular de la época, la descripción de sus emblemáticos automóviles y sus ya desaparecidos e inocentes ambientes del litoral guaireño nos recuerda que esa época ya pertenece a los reconfortantes espacios de la nostalgia.

Sin duda hay en el mundo una moda por todo lo "criminal", series de televisión por cable, películas de cine y sitios de Internet que son visitados por millones de personas constituyen una muestra palpable del auge e interés por estos temas y obviamente Venezuela no podía quedar apartada de esta ola policíaca, de manera que, sin duda, esta novela "El Rostro Oculto" de Orlando Medina va a contribuir a mitigar esa sed.

Ismael Pereira-Álvarez A

Rostro Oculto
Tacoa y los Tarma

CAPÍTULO I

Comenzó a gestarse un sonido muy fuerte como el de una gigantesca turbina. La tarde gris nublada por el humo petrolero, se percibió como una gran pared negruzca, pintada del fantasmagórico momento; el terror aceleró el corazón casi al reventar, las sienes golpeaban vertiginosamente al bombeo del corazón; Iván Lovera, giró en redondo, observó el humo, sintiendo el trepidante calor y al momento desgranó sus más terribles pensamientos "¿Qué pasa?" pensó. El zumbido subía de decibeles violentamente, se hacía insoportable. "¿Podré escapar de esta? ¿Oh…? ¿Llegó mi hora? Padre nuestro que estas en el cielo santificado sea tu nombre…"

Iván Lovera, rezó mientras oteaba en derredor, no había tiempo, "huyes o mueres Iván" se decía así mismo con una angustia sin límites: "¡Huyes o mueres!, ¡huyes o mueres!, ¿Pero a dónde?" ya presentía la tragedia, la experiencia bomberil se presentaba en su mente, caso por caso, cada imagen era tan rápida que le pasaban como un tren en movimiento y así fue antes de controlarse, podía ocurrir entonces el reventón, el agua que fluidifica al petróleo cuando lo transporta al tanque, aún no se había calentado en el número 8, donde ya había un incendio en la parte superior generado por un aforador de guardia, una chispa de su linterna, cuando maniobraba manualmente abriendo la escoltilla del tanque desconociendo los protocolos de seguridad, al no utilizar los equipos de lectura electrónica, que probablemente estaban en mal estado, en ese momento explotó por la concentración de gases que emanaba del producto petrolero, volando la tapa del tanque. El fuel oíl número seis, es una mezcla de productos de diferentes grados de ignición, este no se fue quemando uniformemente, sino por capas, de esa manera llegaría al agua que estaba en el fondo del tanque y podía explotar convertido en boilovers que es el término utilizado en los incendios petroleros. Iván Lovera, bombero de vasta experiencia, con rango de sargento, comenzó a gritar a los otros bomberos, casi doscientos que procedían de los cuarteles de la gran ciudad y de la población litoralense, —¡corran, por Dios corran, aléjense¡¡oh Dios¡¡no me escuchan! ¡¿Que hago corro también?! ¡oh! —sintió entonces un golpe en el corazón, el ruido se hacía más fuerte.

La planta eléctrica estaba ubicada en un cañón, parecía que los cerros y toda la topografía inclinada a 60° que corría hacia el mar fuese a reventar de momento, Iván Lovera, siguió observando y con horror localizó a un gran grupo de personas, entre ellos periodistas y fotógrafos que estaban montados en la tapa del tanque adyacente que estaba más bajo sobre el nivel del mar que el incendiado. "Pareciese que no se han percatado del peligro", pensó el bombero y haciendo señas con las manos les gesticulaba de que bajasen hacia tierra, obviamente no lo veían. Ahora, dentro de las filas de los otros bomberos que estaban cerca del tanque, también se notaba gran inquietud por el infernal ruido, al instante el bombero Lovera, gritó a su compañero Carlos Quintana, —¡Rápido protejámonos, porque esto va a estallar! —. Carlos asintió y comenzó a buscar con la vista un lugar seguro, sin embargo Lovera, echó una última mirada hacia el camino que llevaba a la carretera principal que evidentemente estaba más alta en la cima de la montaña imponente que queda al lado izquierdo del cañón y que continuaba serpenteando hasta otra población cercana, lo que vio le heló la sangre en las venas; había tantos curiosos y funcionarios policiales, que inclusive rebasaron el escaso perímetro de seguridad impuesto por los bomberos, parecía que estaban disfrutando de un espectáculo público, pero no intuían el peligro inmanente. El ingeniero eléctrico y Antropólogo Wladimir Romero, (inconforme con su primer título universitario de Antropólogo, buscó una segunda profesión, de Ingeniero Eléctrico, sin embargo, se tuvo que activar de esta segunda por carencia de empleo como ese campo laboral), evaluaba junto al Mayor de los bomberos, el color que presentaba el tanque que se incendiaba en la parte de arriba, era como un aro alrededor del tanque que como una sombra oscura iba bajando lentamente, ya casi llegaba al fondo, eso significa que va a ocurrir el boilovers, su experiencia en los campos petroleros de Texas, le hacían intuir lo inevitable. Wladimir Romero, era un llanero venezolano, mestizo, correspondiendo sus rasgos raciales y su fenotipo al de un indio venezolano, de manos gruesas, tal vez muy fortalecidas por las labores de la hacienda, su hogar natal, también era un magnifico coleador de toros, a sus 28 años de edad tenía una bien formada complexión atlética heredada de su padre y de una afición al físico culturismo; impertérrito ante las crisis, ese día vestía pantalón y camisa de kaki, correa de cuero, sobre la correa rodeando su cintura una fornitura de color marrón, con cinco estuches para enfundar herramientas, cinta métrica y otros dispositivos electrónicos, para desempeñar su labor en la planta eléctrica, usaba botas de cuero marrón a media pierna, tenía la cara húmeda del sudor abundante por las altas temperaturas, luego se llevó la mano al casco de fibra y se lo ajustó. "¡Por Dios que compromiso!", hablaba en el silencio de las ideas, a la vez se interrogaba: "¿Le digo a esta gente que corran que se marchen? ¿Y si no ocurre nada? ¿Y si se logra enfriar el tanque con la labor de los bomberos? ¿Pero primero no hay que apagar el incendio? ¿Cuánto tiempo durará la honda calorífica en bajar al agua del contenedor?, que terrible no recuerdo en los cálculos que aprendí en cuanto tiempo se produce el fenómeno, ¿Será dentro de unas horas? ¿Pero y ese ruido es muy sospechoso, reventará en este momento? ya tenemos 18 horas de incendio; "Dios mío no sé, no sé" continuó pensando" Ahora su fuerte mano izquierda secaba el sudor salobre y urticante que le bajaba por el rostro, usando un pañuelo amarillo casi fosforescente (por si acaso lo necesitaba en zonas de peligro como bandera, tal como eran todos sus pañuelos que usaba en la planta eléctrica, eso era una norma) con encajes coloniales, sus iniciales bordadas en letras góticas de color rojo o algunos dorados, cuando comenzó el ruido demencial. Uno de los presentes con botas y casco protector se alegró discurriendo de esta manera —¡Este momento lo soñaba siempre, veré el infierno, que emoción!, presiento un evento grandioso, ¡así es que me gusta que se huela el peligro!—, mente y espíritu retorcido, "¡que cachaza a quién se le ocurriría pensar así en esos momentos!, un loco al fin, claro", era el pensamiento de un aberrado, pero estaba allí, esperando lo peor con los brazos abiertos, rindiendo culto al desastre, estrechando la mano del diablo a su furia potencial y destructiva. No obstante el gran zumbido continuó con más potencia cada vez, ahora ya se observaba en toda el área establecida como de contingencia mayor actividad, ya el miedo se apoderaba de todos, ahora si parecía que quisieran correr, huir, alejarse del lugar, ganar terreno, sin entender que pasaba, pero el solo escuchar el estruendo, la gente lo asoció con lo apocalíptico, ¡sí, ahora si comprendieron¡ de tal manera que quienes estaban en la tapa del tanque contiguo que sonaba extraordinariamente, comenzaron a pelearse por la escalerilla metálica, donde solo cabía una persona bajando. Iván Lovera, estaba ubicado en el terreno que formaba un talud, este se encontraba un nivel más alto que el tanque incendiado, el que rugía y Wladimir Romero, estaba en el lecho de la explanada donde se encontraba asentado el tanque, ambos compartían los minutos inevitables próximos a la tragedia. ¡Pobre Iván¡, fue el más intuitivo de todos, por eso sus movimientos cardíacos pasaban de cien a ciento veinte, ciento treinta, ciento cuarenta, ciento sesenta, casi revienta, la adrenalina es segregada por las suprarrenales a chorros, en su sistema circulatorio es transportada a todo su cuerpo, acelerando muchos procesos metabólicos, se comienza a producir mayor temperatura en el cuerpo de Iván, que aunado al alto calor generado por el incendio, lo hace pasar a una sensación insoportable, su piel sudada, a la vez forrada por las cerradas vestimentas del bombero, propiciaron la deshidratación. Iván, transpira terriblemente, pero los mecanismos homeostáticos de este siguen funcionando y la maravilla de nuestro Dios que somos los seres vivientes, se evidencia en el cuerpo de Iván, proporcionándole fuerzas para seguir luchando titánicamente por su vida.

El lugar   olía a muerte,   la incertidumbre,   la intuición,   los presentimientos,   el terror y la paranoia, reinaron cuando el sonido, desconocido para muchos y familiar para otros llegó a límites incontrolables; en un barrio adyacente a la planta eléctrica, donde la miseria se pasea casa por casa, niño por niño y donde hay estómagos crujientes por la falta de proteínas que digerir, con pechos pletóricos de anemia, que amamantan neonatos infelices y entecos, nacidos en estos años de la década de los ochenta, cuando ocurrieron estos hechos, donde también existían venezolanos, que a costa de sacrificio, habían convertido sus ranchos de lata, en pujantes casas de bloque, sin frisar, techos de asbestos y zinc, así como casas de dos y tres pisos, bien acabadas, que en medio de todas estas realidades, existía una idiosincrasia social de estos hermosos espíritus de la gente pobre del barrio, los hacía felices en su hábitat. Cuando comenzó a zumbar el enorme recipiente de petróleo, produjo gran consternación, los habitantes de ese barrio y otros cercanos, salieron con gran curiosidad, los niños alborozados, con una generosa alegría, pero los mayores escépticos, temerosos, pues jamás habían escuchado al peligro tan cerca, tan estruendoso, tan evidente, tan avisado, tan apegado a las advertencias de los primeros habitantes del barrio, otrora los fundadores, muchas décadas atrás decía la rancia advertencia popular: el monstruo acecha y el día que explote la planta, estas poblaciones costaneras desaparecerán. Tal vez se preguntaban los moradores: ¿Será ese ruido el fin de la planta eléctrica y de nosotros? —¡Epa pure! tú que vas y vienes con los bomberos llevándole frescos pa´l calor, ¿Que te dicen de ese ruido? ¡Pana, da culillo! ¡pana no me la calo! ¿Pure, y si voy contigo? —preguntó el malandro de la calle el Cristo, apodado: Cachete e´ bola. —¡Que va chamo! los pacos se van a enrollar y nanai, nanai, naiboa —le contestó Chivo Negro, el anciano dueño de la bodega al Malandro que desde hace rato lo tenía fastidiado—. Cachete e´ bola, contestó para sí mismo: "¡no joda! no tengo vida con esta gente. ¡sape! ¡sape gato, ñaragato! ese ruido me tiene cortao, es bulda e´ pavoso". De repente se volteó hacia la multitud de habitantes conglomerados a la orilla del barranco del barrio, que daba perfecta vista para el incendio y exclamó: — ¿Es que no hay un cuatriborleado que se zumbe pa´ hablar con los bomberos y les pregunte si tenemos que pirar del barrio antes a la hora de las chiquitas? —Parecían momentos inenarrables, el Cachete de bola, se sentía imbuido de un sexto sentido que le advertía, que algo pavoroso iba a ocurrir, por eso su angustia, su exacerbado ímpetu, le daba un aspecto de aterrorizado; por eso sentir miedo es una cosa debido al eminente peligro de alguna pronta acción, pero sentir esto en carne propia y escucharlo materializado en un intenso calor es otra. Ese mediodía, lento y triste, se entregó poco a poco al infortunio, primero en la planta eléctrica de Tacoa, la noche anterior de la explosión y luego el incendio petrolero, con la consecuencia de dos trabajadores desaparecidos, probablemente desintegrados por la explosión inicial, luego una situación extraordinaria que mantuvo en vilo a todos las personas que pensaron que harían algún papel importante en la extinción del incendio llamados por el deber, otros por la curiosidad, pero en fin hasta última hora permanecieron impasibles, desafiantes, fatalmente confiados, humanamente poseídos por la sensación de estar cerca del peligro y no ser alcanzado por el, humanamente imbuidos de un morbo alucinante y piromaníaco.

Wladimir Romero, el joven ingeniero de muy aplomada personalidad, reciamente erguido sobre sus pies talla 42 a pesar de su corta estatura, sosteniendo sus 80 Kg. de peso, 1.70 mts. de estatura, tomó su pañuelo amarillo bordado en letras góticas, comenzó a doblarlo de manera obstinada y maniática, hasta reducirlo a un cuadrito muy pequeño. Luego se acomodó el casco amarillo de metal y la fornitura con los estuches para herramientas, de manera precisa, así se agachó con mucha elegancia, como si nada estuviera ocurriendo, para revisar el trenzado de sus botas de media pierna y de un compartimiento especial, de sus botas sacó un cepillo pequeño con el que sacudió el polvo de estas, lo guardó y abrochó el depósito; luego enhiesto, analizando a sus alrededores, tomó de su bolsillo el pañuelo, lo desdobló con esmerado cuidado y secó su rostro, pero al quitarse el pañuelo se encontró con la mirada del Mayor de bomberos, quién reflejaba en su cara un rictus de terror que a su vez parecía reprocharle su pasmosa tranquilidad. Cálmese Mayor, yo también estoy preocupado, espéreme por favor voy a la planta a tratar de comunicarme con los Estados Unidos, allá hay varios colegas míos, quiero intercambiar impresiones con ellos en torno a este caso —¿Está de acuerdo? —el jefe de los bomberos terrestres que, por ser el bombero de mayor rango, asumió el mando de los bomberos marinos que se presentaron en apoyo, asintió, pero con cara de preocupación ante la insistencia de Wladimir Romero. Otros ingenieros y técnicos de la Planta continuaron intercambiando impresiones con el Mayor y los demás bomberos; comentaban, las tuberías de agua blanca que estaban cerca de los tanques para ser utilizados en emergencia, no servían, los bomberos con sus enormes carros tanques ya no tenían suficiente agua para continuar enfriando el depósito que ardía y el de al lado que podía encenderse también por transferencia de calor. Allí todo parecía una locura, de repente el ruido arreció, ya desde que comenzó a sonar fueron lentos, pero tortuosos, cinco minutos; algunas personas pescan en río revuelto y nuestro personaje (siniestro, desconocido y no autorizado a salir en estos escenarios literarios) ¡Exclamó! —claro esto conlleva a la explosión del contenedor de petróleo, lo sabía desde un principio, —muy taimado, nuestro personaje oculto, ¿Sabía y no hizo nada al respecto? pues así parece; sin embargo, ya no quedaba tiempo para los seres vivos que ocupaban esa tierra de fuego casual, tendrían la espada del creador sobre sus vidas.

CAPÍTULO II

Todo ruido desapareció, solo percibieron un temblor geológico, una sensación extraña de estar despierto y no estar; fue una oscuridad total, repentina, al momento surgió la desorientación, todo giraba en torno a nada, las conciencias de quienes sobrevivieron cerraron el ciclo de percepción y vigilia cayeron al momento en el pozo profundo del no estar, del no ser, del no sentir, del no entender; los oídos reventaron, la onda calorífica avanzó rápidamente hacia el mar, distante como a mil metros, la planta eléctrica, que genera energía a la gran ciudad, estaba herida mortalmente, explotó uno de sus depósitos de petróleo, surgió una inmensa bola de fuego que se impulsó como a 100 metros de altura, la sacudida desconocida y formidable, propiciada por la explosión de vapor que propulsó el combustible incendiado, fuera del contenedor, comenzó entonces a marcar su escenario de destrucción y aproximadamente tres millo-nes y medio de galones de combustible siniestrado, se elevaron. El hongo formado parecía una pequeña bomba atómica, casi cuatro cientos seres humanos que violentaron el sitio del suceso inicial, fallecieron trágicamente, debido a que el área donde posteriormente se desparramó el fuel oíl número seis, no fue protegida, realmente allí, no debió haber estado nadie, nunca debió permitírseles el paso cuando la primera explosión, sin embargo, se reconoce que no había experiencia en ese tipo de fenómeno de incendio petrolero. Wladimir Romero, sintió a sus espaldas una gran sacudida en su ruta caminando hacia la planta, estaba como a quinientos metros de la explosión cuando tembló el camino de cemento, volteó al momento y quedó enceguecido por una pared de fuego... luego se hizo el silencio absoluto debido a la catastrófica sacudida y presintió lo peor; por instinto se lanzó hacia su lado izquierdo, donde pudo protegerse en un muro de concreto armado que servía de protección de otro contenedor de petróleo, al mismo tiempo una lluvia feroz, del producto petrolero expulsado en la explosión, caía como meteoritos encendidos en fuego.

Seguidamente la honda calorífica arrojó el cuerpo de un obrero convertido en un carapacho, sus ojos habían salido por sus cavidades, el tórax abierto se veía hueco, sin duda sus líquidos hirvieron y explotaron. Nuestro personaje siniestro, desconocido y no autorizado, también apreció el cadáver, opinó con sosería; —¡comienza la fiesta, valla que fiesta! El siniestro este pareciera que no se inmuta ante el horror, a pesar de estar también escapando de lo peor. En ese primer momento la honda calorífica, producida por la explosión, había pasado arrasando todo a su paso, otro ingeniero de planta corrió detrás de Wladimir Romero, saltando de muro en muro siguiendo a Romero, que parecía más seguro y conocedor del inhóspito lugar, el ingeniero Juan Martínez seguía a Wladimir Romero, por aquel instinto de supervivencia que hace pensar en un momento como estos, el que está adelante prueba primero el lugar que pisa (en consecuencia me cuido de los errores del otro) Romero, imperturbable ante el funesto evento, ya empezaba a desmoronarse. Luego de la explosión, segundos después, su primer instinto fue escapar de lo que suponía que podía ser una tercera explosión, se paró encima de un brocal al lado de la carretera, giró en redondo a 360º, buscando desesperadamente una salida, ¡no había salida!, el calor era insoportable, tanto que desorientaba terriblemente, Wladimir Romero, quería organizar un poco sus ideas para salvar su vida, pero al fin reconoció que estaba aterrado; "tranquilo Wladimir, ¡tranquilo cálmate!", se dijo a sí mismo, hasta que por fin tomó la decisión de huir hacia la playa, sin embargo, el calor continuaba y era infernal, Wladimir Romero, por un momento creyó desfallecer, le faltaba oxígeno, sus pulsaciones aumentaban, por la calle de servicio, bajaba el crudo hirviendo y por las áreas de asiento de los tanques petroleros, lo que habían eran lagunas, a pesar de todo, el ingeniero, no fue alcanzado por este líquido mortal, pero ahora se le echaba encima un río de producto petrolero y se hacía necesario correr para salvar la vida, pues todo era confusión, el tiempo era incierto, en ese lugar tardarían mucho tiempo en rescatarlos, todo estaba encendido, las edificaciones de servicio, las administrativas, los equipos bomberiles, los vehículos de la planta que eran muchos, entre cisternas, tractores montacargas, autobuses, vehículos particulares de los empleados de la planta y aún no se sabía si ocurriría otra explosión. Entonces pensó Wladimir, ya casi en una crisis de neurosis angustiosa: "¡ay Dios mío, con este calor los otros tanques podrían estallar" luego quiso quitarse la ropa para refrescarse, pero entendió que más rápido se le quemaría la piel, decidió entonces seguir bajando con cuidado por el brocal, hasta que estuviera a salvo. Romero y Martínez, eran seguidos de cerca por otras personas, obreros y empleados que se les unieron en el camino, no eran más de tres, Romero, volteó en un momento dado, le pareció ver esqueletos siguiéndoles, incluyendo el de Juan Martínez, —ahora sí, —exclamó— ¿Que me está pasando?, —se preguntó angustiadísimo, —¡Nooo!, —pegó un alarido. Juan Martínez, iba detrás, se asustó más de lo que ya estaba, aceleró el paso en medio de una visibilidad turbia debido a las densas columnas de humo negro que salían del tanque siniestrado y de todo el lugar incendiado, tenía apariencia de un atardecer prematuro y forzado. Entonces Martínez gritó a Wladimir Romero —¡¿Qué me le pasó compadre?! —pero su voz se fue absorbida por los altos decibeles del ruido catastrófico que se había prolongado. Romero reacciona y comienza a dar saltos en la calzada que está más alta que el río de crudo hirviendo, en cada movimiento siente paralelamente que el corazón en su pecho va a reventar. Ahora el pánico se apoderó totalmente de él, su cara dibujaba una mueca de muerte, ya no quiere ni mirar hacia atrás, apenas ha trascurrido un minuto de la explosión y solamente han recorrido seis metros, aún recuerda la bola de fuego desplazándose hacia el barrio más adyacente y se sobre excita imaginando al fuego revolcándose en los ranchos con los infortunados vecinos, algunos convertidos en esqueletos quemados y otros en nada.

CAPÍTULO III

El bombero Iván Lovera, no aguantaba la alta temperatura generada en ese lugar de muerte y desolación, nunca, ni en los incendios más emblemáticos que le habían correspondido apagar en su larga misión de bombero, experimentó una condición conjugada simultáneamente con horror, sentirse totalmente indefenso o suponer que has muerto y caminas en el lecho del infierno. Giró sobre sí mismo 90° luego de escuchar un grito desgarrador cercano, era el señor mayor de la bodega Chivo Negro del barrio más adyacente, quien se portó muy bien con Iván Lovera y con el Bombero Carlos Quintana, pues a cada rato les llevaba refrescos en una cubeta con hielo para el calor hasta el carro químico, como le decían los bomberos al camión con espuma para combatir incendios petroleros, hasta el punto que se hizo fastidioso y hasta llegó a encender el vehículo en cuestión, sin permiso de los bomberos. Pues bien, este hombre tenía la espalda hecha un desastre, la carne estaba chamuscada, también se le podían observar las clavículas y sus costillas, ahora gime que terrible, nosotros no podemos hacer nada, se lamentaba Lovera, él y Quintana, solo veían el camino de la salvación y al observar unos breves momentos al anciano, se dieron cuenta que era imposible trasladarlo debido a su gravedad, por los momentos los bomberos no podían ni con ellos mismos.

Lovera, caminó hacia el carro químico que estaba a una altura superior del tanque que explotó, milagrosamente ambos bomberos estaban con vida, asombrosamente también el camión estaba intacto, sin embargo Lovera, quería verificar si no había quedado alguna llave abierta y no se estaba escapando alguna sustancia química; así que efectivamente Lovera, consiguió una llave abierta, por eso procedió a cerrarla, perdiendo al instante la piel de la palma de la mano derecha, en ese momento Quintana, se dio cuenta que Lovera, tenía graves quemaduras en los brazos, también en medio de este zaperoco sintió que las botas de bombero se le derretían en los pies, se arrimó a un lugar donde corrían menos fluidos y comenzó a saltar entre las piedras del accidentado lugar escogido, Quintero, lo seguía de cerca, también iba en búsqueda de la salvación, pues el panorama psicológico les presentaba el final de sus vidas, a pesar de que en los momentos más críticos de la tragedia ya habían pasado, sin embargo el susto los motorizaba, los hacía, avanzar, los tenía orinados, no obstante los glúteos se mantuvieron apretados a baja altura, pero de acuerdo a las circunstancias; no habían recorrido tanto cuando Iván Lovera, quedó petrificado y Quintana también.

—¡Madre mía! —espetó Iván, agarrando a Quintana por un brazo fuertemente. Realmente habían visto sucumbir a muchas personas ante este trágico hecho, de manera violenta y atroz, pero en ese momento lo que observaban era atípico: Un funcionario policial uniformado estaba subsumido en medio del río de crudo hirviendo, poco a poco se estaba consumiendo, primero los pies, luego las rodillas, subía o mejor dicho bajaba a medida que se le desintegraban los miembros, pero increíblemente seguía vivo en medio de estertores y contracciones de su cuerpo, permaneciendo erecto, era un espectáculo terrorífico, ya al borde de la inconciencia, abrió sus brazos, miró al cielo negro de humo, entonces un rictus de intenso dolor deformó su cara y al momento gritó —¡DIOS MIO! que dolor... ayúdame... perdóname. —Todo esto corrió con la vertiginosidad del asombro y en medio de una percepción incrédula. Seguidamente su mano derecha tomó el arma de reglamento, un revolver calibre 38, de color negro, cachas marrones modelo M10, perteneciente a la policía, lo desenfundó lentamente y lo llevó a su boca.

Lucas Alberto Moran, bombero raso, formaba parte del heroico contingente de hombres que envió la comandancia de los bomberos de la gran capital, pero también había otro grupo que eran bomberos marinos locales. Lucas, se encontraba con un grupo de bomberos en el tanque adyacente al que inicialmente explotó, como a treinta metros de distancia; presentía una tragedia, de hecho lo había comentado con sus compañeros, por eso cuando se produjo la gran segunda explosión, se colocó en la cara opuesta del tanque número ocho, el combustible encendido se desparramaba por el lugar como una lluvia diabólica, no lo tocó, pero si observó con asombro y terror como al caer el fuego del cielo, encendía los cuerpos de sus compañeros y los desintegraba al momento, todo esto lo vivió sin poder hacer nada, ahora como él, otros se salvaron, en la confusión siguieron a Lucas Alberto Moran, en una frenética huida hacia el mar que parecía la única salida viable, el fuego aún caía, ahora los perseguía por tierra, rodaba como un caudal volcánico, pendiente abajo, pero Pedro, otro bombero, en plena carrera gritó a Lucas: —Carajo, llevas un incendio en tu chaquetón, —efectivamente la chaqueta bomberil protectora estaba encendida. —¡coño apágala…! —gritó Lucas, Pedro, impotente le gritó: —Será con las manos —ya Lucas estaba desabotonándose las aldabas metálicas del chaquetón, pero entre el susto y el metal que le quemaron las manos, se iba pasando el tiempo. —Tírate al suelo —Gritó Pedro —pero el piso de macadán era una trampa mortal, entonces Pedro, se quitó su chaquetón y apagó el fuego arropándolo, luego brincaron unas piedras, llegaron a una cerca metálica, por allí había un camino de tierra.

José Ángel Borges, cabo segundo de los bomberos, también vio desaparecer a muchas personas, tras la inclemente lluvia de petróleo hirviendo, observó como el torrente de crudo avanzó hacia la playa más cercana paralela a la planta eléctrica. Corrió por instinto, estaba en muy buena forma física, siendo atleta de los juegos internos de los bomberos, destacándose en voleibol, así que sorteando los terribles peligros que surgieron al momento, llegó también a la playa, vio que el líquido ardiente ingresaba al mar, pensó luego que podía hacerlo nadando hasta alcanzar un cabo de tierra firme que se adentraba en el mar y servía de puerto, pero al momento desistió cuando varias embarcaciones de pesqueros comenzaron a quemarse al mezclarse el crudo y el agua, esto lo aterrorizó más, entonces como pudo salió del agua, girando y caminando hacia la arena de la playa, pero el río de lava ya le cerró el paso, regresando al agua que ya hervía, por eso trata de sumergirse buscando tal vez salvación, fue infructuoso, a José Ángel, le parecía que había mayor temperatura, sintió la muerte de cerca, sin embargo nadó hasta el cabo de piedras hecho por el hombre y al verse a salvo notó que el petróleo avanzaba sobre el promontorio de piedras que estaba tamizado por arena y tierra firme, así que tuvo que lanzarse nuevamente al mar del lado donde aún no llegaba el crudo y asegurar su vida por los momentos.

Lucas Alberto Moran, se arrepintió de haber tomado ese camino que conducía a un barranco donde casi se caen a una altura de 300 metros, pararon y desesperados, comenzaron a correr hacia la calle, donde el río ardiente aún no había llegado al centro de la calle, cuando un ruido más fuerte y diferente lo hizo voltear, con mayor horror vieron que la unidad cinco de los bomberos, un camión gigantesco que habían colocado cerca del tanque, fue expulsado por la explosión varios metros declive abajo y en estos momento rueda libre e incendiado. —Dale duro coño, corre, corre —Gritó Pedro, que todavía estaba cruzando la calle. Un "no joda" muy fuerte salió de la boca de Lucas Alberto Moran y de verdad corrió con mayor fuerza, iba casi infartado, con el diablo atrás encimándosele metro a metro, ya lo alcanzaba, Pedro, visualizó en la cabina del carro bombero al piloto. —¡Tú si eres arrecho! —Gritó Pedro al bombero, al conductor de la unidad cinco— ¡Frena esa mierda! —volvió a gritar, pero ya el conductor estaba casi sancochado dentro de la cabina tratando de pararla, ya la unidad vehicular incendiada no respondía y de repente el fuego obligó al cabo conductor de la unidad cinco a saltar, entonces fue peor para Lucas, si se lanzaba a la izquierda se mataba porque había un muro demasiado alto y media calle del lado derecho había sido ganada por los fluidos mortales, volteó nuevamente y solo atinó a ver una bola de fuego que casi lo arrolla, así que su instinto límbico lo empujó hacia el muro y el carro mortal siguió estrellándose explotando más adelante, pero Lucas, milagrosamente continuaba parado en todo el filo del muro de aproximadamente diez centímetros de espesor tratando de conservar el equilibrio mientras pasaba el vehículo.

Las tres figuras se observaron entre sí, no atinaban a entender todo lo que estaba ocurriendo, habían transcurrido dos minutos después de la explosión y todavía el aire parecía estar encendido, el calor los obligó nuevamente a seguir corriendo hacia el mar, de repente Lucas, obligatoriamente tuvo que seguir caminando en el borde del muro, observó a los Guardias Nacionales de la planta correr debajo de él, pero de repente sintió que estos le estaban disparando, ráfagas de fusiles ametralladora, por ese motivo se lanzó al río que bajaba mortalmente, por el lado más delgado, calle abajo, luego aprovechó que la unidad bomberil que antes lo persiguió, había represado el fluido, por eso pudo pasar al otro lado donde estaba Pedro. —Los Guardias Nacionales se volvieron locos ... me estaban disparando. —comentó Lucas a su compañero de huida. Pedro, casi no le entendía lo que decía, sin embargo, hubo un lugar donde coincidieron todos, luego que los guardias brincaron encima de unos promontorios de piedras que estaban acumulados en la calle producto de algún trabajo abandonado, los militares parecían zombis, no hablaban, no decían nada. Pedro rompió el hielo que se presentó mientras todos corrían casi en pelotón como si todos estuvieran trotando de acuerdo. —Muchachos —gritó Lucas, ahora les reclamó —¿Porque me disparaban desde abajo? —Entonces los guardias en medio de la carrera que llevaban, contestaron a Pedro. —¡No que va compadre! si tú supieras, era tanto el calor que los fusiles se estaban disparando solos y como pudimos tuvimos que desaprovisionarlos, o sea les quitamos los cargadores y los botamos, los cuatro guardias nacionales eran los que vigilaban a toda la planta eléctrica.

Iván Lovera y Quintana, se miraban entre sí, pero no había nada que hacer, solo esperar el trágico desenlace. Su cerebro estalló y simultáneamente las gargantas de Lovera y Quintana, así como sus corazones por lo terrible de la visión presente, acusaron espantados el impacto. Había cesado el sufrimiento. El cabo primero murió en cumplimiento de su deber, así lo anunció el maestro de ceremonias, antes que los doce comandos de la Policía, dispararan doce salvas de fusil FN: 30 en su honor y sus capones de sargento fueran colocadas en el sarcófago casi vacío, donde los Antropólogos habían aportado algunos huesos, supuestamente identificados. Lovera, Quintana y Lucas Alberto Moran, junto a los guardias nacionales y algunos policías que deambulaban también sin rumbo, se encontraron en el mismo punto en la playa, se abrazaron llorando, casi a tiempo Morán, logró rescatar a José Ángel Borges, que ya no podía con su alma y por poco se ahoga.

Un helicóptero de la Policía, fue alcanzado simultáneamente a la explosión del tanque de almacenamiento petrolero, debido a la honda producida por el evento, cuando esta honda calorífica desplazó al oxigeno debajo del helicóptero, cayó al mar, los pilotos monitoreaban el incendio a 500 metros de altura, milagrosamente salvaron su vida, nadando hasta la arena de la playa. Irónicamente otro helicóptero captó el llamado del radiotransmisor de uno de esos policías que se encontraba herido y horriblemente quemado, pero su vitalidad y actitud bizarra lo mantenían de pie. —¡Adelante! Unidad aérea ¡aquí un puma herido, sobreviviente! cambio —¡Se le quebró la voz!, los tripulantes del helicóptero, rieron a mandíbula batiente; simultáneamente comentaron. —¡No joda! ¡Qué bolas! ¡Salga de la frecuencia! ¿Quién puede estar vivo allá abajo? —el policía furibundo, ripostó con sendas groserías. —¡Bruto! ¿No te das cuenta que te estoy transmitiendo desde el radio de la policía que tiene el helicóptero? —el Piloto… dudoso interrogó —¿Dónde están? cambio, —el policía, solo pudo agitar por el radio debajo del helicóptero, pues se quedó sin batería. Lo demás fue realizar el rescate a estos héroes sobrevivientes en la medida que los organismos pudieron proceder.

El ingeniero Wladimir Romero, ya en tierra segura se desvaneció, la presión extraordinaria de las condiciones del momento lo arrebataron del mundo consiente. Cayó en un pozo caluroso y oscuro, lentamente fue descendiendo en un vacío turbulento, pero protector, no caía inseguro, se sentía aferrado a un poder invisible, intentó parar, pero no le era dado hacerlo. Solo era un débil pensamiento ligado a una conciencia de sobreviviente, pero hasta ahí. Sin embargo su trayectoria hacia abajo seguía siendo como una pluma ingrávida, libre y sin dirección, así es su inconciencia omnipresente en un espacio eterno, desconocido, fresco como la vida, pero oculto como la puesta del sol, junto al trepidante acontecer, también caía el lado opuesto de la personalidad doble y oculta del ingeniero, su aspecto no autorizado: maléfico, apóstata, iconoclasta, capaz de disfrutar el sufrimiento de otros, con apresto para desear el horror, era su doble personalidad, fenómeno particular de su psiquis la que se aferraba rabiosa y cobarde a la madre inconciencia de Wladimir Romero. Vagaba entonces la conciencia del fugitivo, esta se quebró con el horror, infiltrándose en la misteriosa piel del subconsciente, avanzando inexorablemente hacia el profundo y denso umbral, el primigenio lugar de su existencia, más allá, más allá, más allá.

Una imagen transparente y acuática se desplaza desde el feto hasta el resplandor extraordinario del mar Caribe, ocho indios Tarma, avanzan sigilosos en guardia sobre la ladera que desciende al mar allá donde termina el gran cañón y hay una explanada. El líder ejecuta la onomatopeya de un búho y recibe la repuesta en el lenguaje de las tribus de la costa, entonces les ordena a los demás avanzar hasta reunirse con el otro cacique llamado Parmanacay, luego se dirigieron a la boca del Río Mamo, allí quince indígenas, aguardaron la presencia de varios españoles, pero en la boca del Río Mamo solo se apareció Don Juan de Martínez, con dos soldados, el encomendero de los Tarma de Carayaca.

Prepocunate, el Cacique Tarma y Parmanacay, cacique de otras tribus lo recibieron con muestras de aprecio. Don Juan, por ser su encomendero indígena, propuesto por la Capitanía General, quería ganarse a las tribus para comenzar varios proyectos de labranzas, sin embargo los indios tenían una preocupación interna, realmente no querían someterse a los españoles, por eso urdieron la componenda que finalizó con el asesinato por la espalda a golpe de machete en la cabeza del encomendero, a sus soldados los quemaron vivos, estos hombres que defendían el derecho de no ser subalter-nos del explotador venido del imperio español.

Los dos hombres se abrazaban y danzaron al compás de una entonación de guerra, tarareada por los otros guerreros que los admiraban y a la vez les hacían rueda. Al finalizar Prepocunate, juró ante todos pelear hasta morir. Arengó a sus hombres de esta manera: jamás vamos a permitir que los bandidos arrebaten nuestras cosechas, nuestra alimentación, nuestras vidas, a nuestras mujeres y a nuestros hijos. —¿Me juran morir en defensa de la tierra y el mar? —preguntó en su lengua local—, en repuesta todos corearon simultáneamente —¡Lo juramos!

Estos hombres definitivamente lucían solidarios y bajo esas consignas marcharon a otra misión en defensa de la tierra que los vio nacer y que por derecho les pertenecía. El Líder con la cabeza cubierta por una rosa de montaña, lucía una musculatura extraordinaria, fuerte al extremo un poco más alto que sus guerreros, con una gran cicatriz en la frente como trofeo de guerra, en una mano cargaba una lanza y a la izquierda una gigantesca macana. Su piel morena de aborigen sudamericano, brillaba impresionantemente al sol, a medida que avanzaba sigilosamente con sus cuarenta hombres a los lados del camino, su prestigio era conocido por españoles y originarios, una vez lo amarraron a un árbol luego de ser capturado por los soldados españoles, en su cautiverio en un momento inesperado sorprendió a la custodia, escapándose, eso lo hizo más admirado, porque realizar esa proeza era algo como mágico para ellos, esta vez pensaba sorprender al ejército español. Iba recordando los cientos de batallas sostenidas con otras tribus de la costa donde no escatimó esfuerzos por parecer un cacique de personalidad terrible, sin misericordia para el enemigo, por eso también era respetado y temido, ahora acechaba a las huestes españolas, en el camino hacia Barlovento, le acompañaban otras cinco tribus. La tarea fue larga, hasta que sometieron al ejército invasor, muertos sus líderes, el resto de los soldados, ciento veinte, corrieron hacia la montaña, solo treinta salvaron la vida y contaron a sus superiores en Santiago de León de Caracas, el encuentro con los demonios, de verdad narraban al hidalgo comandante como sobrevivieron.

El Cacique, regresó al pueblo con sus guerreros y esa noche se embriagó con fermentos hechos por las mujeres y sus cincuenta guerreros cuidaron de él por turnos, hasta que cayó tendido en su choza.

La linda morena de 20 años de edad, corrió a los guardias, colocó la cabeza de su amado esposo en su regazo. El agua fresca rodaba rauda y suavemente adoptando la forma de los deltoides y los gigantescos hombros morenos, curtidos de combates, de un sol costanero. Amanecía y Amaray, refrescó con el agua cristalina la omnibulada cabeza del trasnochado y ebrio Prepocunate. —¿Sabes? te quiero mucho, pero me da miedo que te emborraches así, cualquiera te podría asesinar a nombre de los españoles o de cualquier pueblo nuestro, —era la voz y lenguaje nativo de Amaray, la bella esposa del cacique Prepocunate. —Mira Amaray los Dioses no morimos. —Pero tú no eres un Dios, solo eres un Cacique. —Los Caciques somos enviados de Los Dioses que nos gobiernan, —contestó Prepocunate. —Por favor debes cuidarte de tantos enemigos, hasta de aquí en nuestro pueblo —señaló Amaray. —Mi pueblo me quiere, mis hombres me siguen y me admiran, los jovencitos quisieran ser como yo. —Fue el argumento casi ahogado de Prepocunate, pues los suaves labios de Amaray, se posaron sutilmente, expeliendo un aliento fresco, pero efectivo, así el cacique reaccionó del adormecimiento producto de la embriaguez. Trucos de Amaray, tomados de algunas plantas que al ser mesclados en su boca con sus propios efluvios, sacudieron la lívido de Prepocunate, la lengua de Amaray, exploró con avidez, pero suavemente hasta conseguir la erótica respuesta, así se succionaron abandonados al sol de la mañana en el aposento familiar, con la soledad cómplice del deseo desbocado de ambos, las manos del macho exploraron debajo del guayuco, deslizándose, tanteando rítmicamente, palmo a palmo recorriendo la geografía dérmica, hasta llegar a los glúteos morenos que como figuras artísticamente esculpidas, se ofrecieron al acoso viril, rindiéndose, luego Amaray: toda mujer, toda pasión, todo frenesí. Al día siguiente luego de organizar, las labores de pesca, Prepocunate, encargó a Tacoruma, de esta actividad, le instruyó al respecto de la siguiente manera: Al mediodía cuando regresen al pueblo, no quiero embriagados, te encargas de la disciplina, todo el mundo debe descansar hasta mi regreso, reparten la pesca por igual sin peleas.

El guerrero Tacoruma, se arrodilló y beso las manos de su jefe. —Así será —replicó seguidamente. El líder partía con 10 hombres jóvenes, hacia unos sembradíos que poseían cerca de la playa. Cuando llegaron al lugar, se encontraron con una escuadra de veinte españoles a caballo que tomaron sobre ellos ventaja extraordinaria al enfrentar al cacique que jamás pensó en la venganza extranjera, después de la muerte del encomendero y precisamente en ese lugar, por eso corrieron hasta organizarse un poco, tomando algunas posiciones y a fuerza de utilizar los arcos tensados con cuerdas vegetales, impulsaron varias flechas, causaron cinco bajas españolas y tres caballos muertos, los otros quince soldados enviados por la capitanía general, habían detectado los sembradíos indígenas, ahora arremetían fuertemente contra el grupo de aguerridos hombres, que finalmente no pudieron sostener las posiciones improvisadas, sin embargo no fue fácil para las huestes españolas ponerlos en fuga y capturar algunos, debido a que el líder ordenó defenderse pie en tierra, saltar sobre algunos caballos para tumbar los soldados y combatir con estos una vez caídos. Así fue, pero solo el jefe indio y tres más lograron ese cometido, los siete indios restantes fueron degollados a espada, otros destrozados por los cascos de los caballos. El heroico cacique y dos de sus guerreros, rodaron por el suelo con sus presas, el hombre con la gigantesca macana y la lanza emprendió feroz combate con el soldado, de inmediato dos soldados cargaron contra él a caballo, sin éxito, pero en el fragor del intercambio entre espada, lanza y macana, el español rindió su vida a manos del nativo jefe, quien más ágil esquivó la espada, luego pegó un salto increíble, volándole el casco con la macana y simultáneamente lo atravesó por el cuello, rompiéndole la medula espinal por el lado cervical con la lanza. El hombre se movía como un tigre, mejor batalla no podía librar, su sangre indígena lo hacía más peligroso, cada momento transcurrido, el matar, al parecer lo endemoniaba, ahora arremetió contra las patas de dos caballos, hasta hacerlas sangrar, provocando la caída de estos y sus jinetes. Ese era el hercúleo jefe indígena, gigante en hazañas, poseía un gran coraje y la fuerza de diez hombres, se abalanzó de inmediato sobre los caídos trabado en una lucha dispareja desarmó a los soldados causándole la muerte en una demostración de superioridad del dominio de las artes de la guerra cuerpo a cuerpo. Pero a pesar de todo el número de soldados a caballo impidió la victoria del héroe indígena, por eso decidió salir de la explanada donde se encontraban, marchar entonces rumbo a un sendero en la montaña, bajando hacia el mar detrás de los tres hombres que le quedaban, en ese momento la maleza de la colina se incendió, probablemente provocado por Rodolfo Aguirre, el Capitán español, el viento soplaba y la quema avanzaba con una velocidad sorprendente detrás de los gladiadores criollos, que corrían por conservar la vida. Cinco soldados a pie marchaban a toda velocidad detrás de ellos paralelos al incendio, sus espadas, delgadas, afiladas por ambos lados, adaptadas al combate diferente a las guerras europeas, eran más livianas y prácticas, pero un soldado, el único que cargaba mosquete porque era muy pesado para que todos los usaban, se arrodilló y disparó, eran armas de un solo tiro,   alcanzó en la espalda a uno de los tres hombres que le quedaban al cacique, fue triste para ellos ese era muy querido por lo bizarro en la lucha, ahora iban en veloz huida, de repente la colina les comenzó a cerrar el sendero, desprovisto el lugar de vegetación, allí justamente en un recodo del camino, inclinado donde forzadamente hay que girar hacia la derecha, ya llegando a la playa, apareció al pasitrote una columna de jinetes armados con ferocidad dibujada en sus rostros, cabalgando contra la dirección de fuga que llevaba el cacique y dos de sus hombres.

El Guerrero jefe, ordenó quedarse parados en medio del sendero. Se miraron asombrados, se les iba la vida casi, con dos frentes les arrinconaban sin opciones y si había un lugar para donde correr ya no podían debido al incendio del prado. Les quedaba la playa, pero tenían de frente un abismo. Entonces, el fantástico guerrero indígena envió una dura mirada hacia sus dos compañeros trasluciendo la fatal decisión —¡Luchar!

—lo dijo con voz felina, profunda y poderosa, cargada de heroísmo — ¡Hasta morir!

El centauro se agachó como un tigre en guardia, luego todos asumieron la misma posición haciendo un triángulo, tal vez una estrategia de combate para esas ocasiones. Él esgrimía en la diestra la lanza, y en la siniestra la gigantesca macana. El sol brillaba al mediodía hasta más no poder, el calor cocinaba los cerebros de los nativos y los cascos de guerra del soldado invasor de tierras ajenas. Un ambiente de muerte tensó los minutos presentes y los siguientes, todos los hombres inmersos en esta fatídica historia suspendieron su andar sobre la superficie costanera. Los que perseguían al jefe indio a pie y los jinetes, ahora paralizados de asombro, se cruzaron miradas por encima de los combatientes que permanecieron clavados en el suelo y en posición de jinete agachado. Al momento estos comenzaron a girar aleatoriamente en sus posiciones, enseñando los dientes como perros bravos, pero la hilaridad comenzó a contagiar a los españoles convirtiéndose en carcajadas generales. El Jefe Castellano de los jinetes pertenecientes al batallón de la capitanía general, hicieron sus señas a los infantes que perseguían del otro lado al cacique, explicándoles que no atacaran, que conservaran sus posiciones; indicando que ellos arrollarían a los aborígenes con los caballos, en consecuencia, ordenó el avance. Las patas de los caballos comenzaron su desplazamiento lento e inclemente, en pocos momentos salvarían los treinta metros aproximados que distan de la tragedia de aquellos, aparentemente pobres hombres que más bien parecían indefensos, así siguió un galope mortal, seguro acabarían con el cráneo y todo el cuerpo pisoteado, desmembrados por las múltiples arremetidas de los animales y sus coces. Los soldados a pie observaban boquiabiertos el inmediato futuro, no dejaba de ser una fantasmagórica imagen, terrible por demás y aún no ocurrida. ¡Pólvora a comer, pólvora pareció ordenar el jefe español que espoleaba y fustigaba con furia su caballo, el primero, seguido por las huestes europeas, cuyos rostros transfigurados en un rictus de furia y odio, fue el primero al rodar al piso, su cabeza era una masa sanguinolenta a pesar del casco aferrado al barboquejo, su semblante aun parecía horroroso y salpicado de sangre, su cuerpo, lejos de su caballo convulsionaba aun después que la macana del indio le arrancara la cabeza del cuerpo, pero el resto del cuerpo del hombre continuaba blandiendo su espada en la mano derecha y con la izquierda las riendas del caballo. Nunca lograron ver los soldados con claridad, el raudo movimiento realizado por el indio jefe, pero lo que realmente paso fue, que se ejecutó una táctica propia de un hombre probado en mil guerras, donde el combate cuerpo a cuerpo desarrollaba en los seres humanos la destreza y la fiereza de un invencible.

El indio Pamaribo, segundo del cacique, logró atravesar un madero en las patas del segundo caballo y el llamado Tuelo impulsó una flecha al tercer jinete en el cuello, por eso se creó una turbulencia con la caída de los tres primeros caballos, otros tres también rodaron muriendo desnucados. Solo quedó vivo uno y el cacique, que permanecía en guardia se trabó en un magnífico combate con el sargento Texeiro, otro guerrero preñado de grandes experiencias de combates en muchísimas batallas en Europa, quien desmontó del noble equino. Tenía cuatro cicatrices en la cara, su estatura era descomunal y su corpulencia hercúlea se impuso en un momento. Su gigantesca espada cortó el aire con furia, pero ya el guerrero aborigen no se encontraba allí, el jefe indio, esquivó un segundo golpe asestado con la otra espada fina que cargaba. Ciertamente una de las virtudes del cacique, era moverse como un mono, casi nunca había sido alcanzado en lucha armada por ninguna flecha, lanza o espada, sin embargo, saltó y descargó la gran macana en el casco metálico del español, así que el formidable golpe dado en el metal, causó mayor daño, el sargento cayó al piso sin sentido y allí el indio lo remató expirando el español luego. Así que la tropa, que estaba del otro lado esperando, decidió arremeter contra los dos indios, falleciendo dos de ellos pisoteados por los caballos. El cacique, logró escapar de los jinetes internándose en las colinas incendiadas. Creyó que conseguiría el profundo cañón, pero no pudo llegar, el cansancio lo venció, de repente se vio rodeado por las lenguas de fuego. El hombre moreno sintió agudamente crepitar su piel, lloró por estar lejos de su gran amor, en segundos moriría sin que nadie palpara su heroísmo y su gloria. Siglos más tarde se reconoce la bravura de los nativos y su resistencia a la conquista. Gran Cacique tu gloria vive. Un grito de guerra que estremeció a los españoles precedió al estertor mortal. Prepocunate, corrió contra el fuego. Fue su decisión que no encontraran su cadáver luego de extinguirse con el fuego.

Todos los sobrevivientes de esta historia fueron rescatados por los helicópteros gubernamentales, entre ellos Wladimir Romero. Sin embargo, del sitio del suceso, solo quedó desolación, muerte y destrucción. La planta eléctrica, tenía ahora plomo en el ala y un barrio repleto de vecinos desaparecidos, bomberos, policía, jóvenes de grupos de rescate, periodistas y personal de la planta, se dice que sumaron casi setecientos. Doscientos cadáveres totalmente calcinados fueron colocados en perfecto orden uno al lado del otro con número de depósito amarrado en cualquier lado que presentara para ese fin. Algunos ni siquiera tenían piernas.

CAPÍTULO IV

El hombre, se llevó la mano derecha a la frente, se da cuenta que le arde mucho, baja los dedos hacia los pómulos y se percata de tener excrecencias de piel, como algo húmedo, como si fuera alguna crema de una densidad extraña. De inmediato recuerda el incendio, realmente se acababa de despertar en una sala del hospital José María Vargas, era la sala de quemados, él fue rescatado inconsciente por los helicópteros gubernamentales, enseguida supieron que él era ingeniero de planta por su porta nombres con el logotipo de la planta eléctrica y su uniforme de kaki, así como sus documentos personales. Pasó tres días a manos de muchos enfermeros y enfermeras que religiosamente lo cuidaron en el hospital. —¡Enfermera, enfermera! —¡dígame mi amor! —Se acercó, coqueta y amable una bella morena vestida totalmente de blanco, quien, como enfermera auxiliar se encontraba de guardia ese martes cuando Wladimir, recuperó la conciencia. —¿Cuánto tiempo voy a estar aquí? —No sabría decirte, —replicó la enfermera— los doctores lo dirán. Se puso melancólico y explicó a la joven de blanco. —Tristemente me recuerdo del desastre en la planta………pero del resto no, esa era una reflexión dudosa ejercida por el paciente, creo que hay una gran confusión en mi mente, aseveró entonces. La enfermera, lo tomó de las manos que no se quemaron milagrosamente, aunque el diez por ciento de su piel sí, pero levemente. —Yo te cuidaré hermoso trigueño —le dijo Tibisay, la enfermera y él, asustado le ripostó —¡no que va! ¡yo no tengo nada! —en eso hicieron acto de presencia dos funcionarios del cuerpo de investigaciones, identificándose con sus placas doradas y su llamativo carnet policial con letras grandes que decían detective. En presencia de la enfermera preguntaron por el paciente Wladimir Romero, a lo que ella les exigió una explicación sobre el particular. Los funcionarios, aclararon que buscaban al ingeniero porque era empleado de la planta eléctrica siniestrada y que por lo tanto lo necesitaban para conocer el origen del evento, para tratar de reconocer algunos cadáveres. El aludido escuchó pacientemente el planteamiento de los hombres recién llegados a la sala de quemados del hospital. Adujeron los detectives, que como ingeniero de planta era de alguna manera responsable del hecho, restregaron eso de forma tan odiosa que a todos les pareció una gran retrechería de los funcionarios. El paciente sin embargo (quien de inmediato les informó ser quien buscaban) muy a pesar dijo —Todo menos quedarme aquí. —entonces la enfermera se ofendió y le dijo— ¿Tan mal le fue en su media hora de conciencia? ¡pues acaba de despertar! ¿Es que acaso lo traté mal? —¡No, no! agregó apenado— no, no es eso, solo debo irme, no me pregunte más por favor. Volveré para visitarla, lo prometo. —¡No sea engreído mi amigo! —contra atacó la enfermera visiblemente molesta— de todas maneras, no se puede marchar, —mirando fijamente a los detectives— solo puede darlo de alta el jefe de los servicios. —Bueno está bien, vamos a hablar con el médico, —asintió el detective Marchena. En breves momentos conversaron con el médico y este se dirigió con ellos a la sala donde se encontraban otros rescatados del incendio de la planta. Rúgeles, auscultó exhaustivamente al paciente, examinó la historia clínica, analizó los exámenes practicados, le hizo un fondo de ojo y algunas preguntas. Entre ellas —¿Te mareas? —No doctor. —Contestó. Examinó a trasluz las tomografías. —Estas pruebas dicen que todo está bien, pero yo debería dejarte cinco días más. —¡No no! espetó asustado. —¡Yo estoy bien!, —¡Okey!, te firmaré el alta, pero tendrás que estar pasando por el servicio todas las semanas, durante dos meses. —¡Está bien doctor! —Reaccionó el ingeniero. Los detectives informaron al paciente que no querían importunarlo, solo estaría lo necesario en el Cuerpo de Investigaciones, pues el caso lo requería. De esta manera hicieron muy buena relación primaria, así que se trasladaron en el vehículo policial hasta la sede del cuerpo en la ciudad litoralense.

Efectivamente la averiguación del desastre fue abierta por el buró detectivesco y ahora por los momentos solo tenían como testigo presencial al sobreviviente Wladimir Romero, luego poco a poco fueron buscando a otros testigos para declararlos, pero realmente la tarea era larga, había que esperar que hubiesen condiciones para comenzar a hacer las experticias técnicas criminalísticas con la División de Siniestros del Cuerpo Técnico de Policía Judicial, conjuntamente con los bomberos y un cuerpo de ingenieros petroleros.

El vehículo patrulla estacionó en la sede del Cuerpo Técnico de Policía Judicial, allá le tomaron la declaración, luego en medio del ulular de las sirenas de las ambulancias, carros bomberos y vehículos policiales, se trasladaron con él al traspatio de la comisaría donde un equipo de médicos forenses y antropólogos, iban y venían con todo tipo de equipos médico forenses y antropológicos, evidentemente había una gran actividad, entonces Wladimir, giró la vista hacia su lateral izquierdo quedando a su vez atónito, hondamente impresionado. La primera profesión que pudo estudiar fue antropología en la (Universidad Central), siendo inspirado por la presencia de un equipo multidisciplinario compuesto por un arqueólogo, un antropólogo y un geólogo, quienes buscaban la presencia de la cultura precolombina en la hacienda de su padre en el estado Guárico. Su estadía en la universidad fue espléndida acumuló las mejores notas, mantuvo alguna posición política en el centro de estudiantes, pues en su tierra vio mucha pobreza y siempre creyó que los gobiernos se olvidaban de los seres humanos desposeídos. No obstante, cuando egresó buscó trabajo en todas partes y no consiguió, tenía 22 años de edad, se comunicó con su padre luego y le demostró la mejor disposición de estudiar ingeniería eléctrica, pues le parecía más útil. Padre explicó el muchacho, nadie me quiere dar trabajo de antropólogo, ni en la misma universidad. —¿Será que hay que estar recomendado políticamente? preguntó su papá —¡claro que si hijo! —contestó Apolonio Romero—. Un hombre zamarro, forjado en las lides del llano, coleador de toros y ganadero, el más recio de la zona, respetado, querido por la bondad de sus actos y su atención a los obreros de la finca, según Apolonio, los motores de su riqueza. —No tienes necesidad de trabajar, agregó Apolonio, no te metas en vainas políticas, comienza a estudiar eso que tú dices, me parece bien, aquí necesitamos gente así para mejorar la casi inexistente energía eléctrica que tanto nos falla por estos lares donde se esconde el diablo. —Wladimir, se emocionó de tal forma que a los 27 años se estaba graduando de Ingeniero Eléctrico, la novia de toda su vida era para esa época la directora del Liceo del Pueblo donde el nació, un día le dijo —Más que un coleccionista de títulos necesito a un hombre conmigo, vamos por favor cásate conmigo y te vienes a dar clases aquí —pero el sueño del joven no estaba con Mercedes, él pensaba como un trotamundos inquieto y soñador, por eso la vida del pueblo no lo animaba, después Mercedes, se molestó y optó por olvidarse de él. Ahora tenía ante sí una cruda realidad.

En fila india yacían casi trecientos esqueletos cubiertos de trozos de carne chamuscada. Estaban parcialmente destruidos por la candela. Algunos restos estaban incompletos, solo el torso de algunos, otros la pelvis y las piernas o solo el cráneo, todos fallecieron abrazados por el mortal calor que también desintegro a otros seres humanos. Sin embargo, a cada uno le habían colocado etiquetas numeradas. El ingeniero, sintió una honda impresión, su memoria revivió los terribles momentos de la explosión y la carrera de muchos huyendo de la inexorable muerte, pero había algo, un vacío acompañado de imágenes de la lucha indígena contra el invasor blanco, le estallaban en la mente. Se le acercaron varios Antropólogos, aun lo acompañaba el detective Marchena. —Amigo —le indicaron— Necesitamos que eche un vistazo a pesar de las condiciones, pues nuestra labor es identificar todos estos cadáveres provenientes de la planta y no solo las técnicas antropológicas nos ayudarán conjuntamente con todas las ciencias forenses, sino cualquier otro objeto, apreciación de un testigo o sobreviviente—. Entonces pareció despertar y dirigiéndose a la antropóloga se le presentó —Mucho gusto, —le dio la mano y le dijo— Yo también soy Antropólogo. —¡Fíjate que interesante, —contestó Libia Muñoz—, nada más y nada menos que un colega! Luego, lo tomó por los hombros con el brazo derecho y le comentó —Sé por lo que pasaste, pero echa un vistazo por si acaso. —Paso a paso se veía con horror la fila negruzca de seres truncados, unos con sus manitas cruzadas encima del pecho, su cuerpo casi entero, menos su cara con la piel chamuscada adherida al rostro óseo. Otro paso lento, reverente, pero inseguro ante el espectáculo doloroso, otro cuerpo que solo tenía su torso con una cámara fotográfica fundida al hueso esternón, aparentemente era un fotógrafo de algún diario que cubría el evento, pero estaba totalmente calcinado y así los observaba uno a uno, impresión tras impresión, impacto tras impacto, cada cadáver con una historia distinta, solo ellos la sabían, de repente algo hizo agacharse al ingeniero antropólogo. Se fijó con detenimiento y con firmeza, Libia, hizo lo mismo y ambos se intercambiaron miradas, motivando al hombre a comentar —Dra., esta osamenta......¡ —Si termine de decir algo por Dios! —presionó la antropóloga—, pues no se corresponde a este escenario o a lo mejor se quemó muy poco y estaba antes allí, —la mujer le contestó —Ya lo habíamos notado, pero la prioridad es identificar a todos, —sin embargo y observándolo bien—, se fue acercando más y más, —¡Está como momificado este cuerpo¡ ¡valla¡ me atrevería apostar que tienen más de 100 años.

—¿Quiere decir un hallazgo, que se yo, tal vez restos precolombinos? —Preguntó Wladimir. —Enseguida solicitaron la intervención de otros Antropólogos, algunos médicos y un fotógrafo. Realmente la textura y color de los segmentos no quemados decía a los antropólogos forenses, que se podía presumir algo extraño en la procedencia de ellos, no había ni siquiera un tejido humano recién quemado. Luego el hallazgo óseo, fue inspeccionado fotográfica y procesalmente, manteniendo la relación directa con el evento de la planta eléctrica, remitiéndolo a Caracas a la Medicatura Forense. La Antropóloga Libia y Romero, continuaron recorriendo la comisaría de la policía de investigación judicial que servía de depósito de cadáveres, para su inspección ocular y posterior identificación. Este confesó a la mujer que nunca había ejercido la antropología, en ese momento luego de caminar a través de aquel dantesco espectáculo, llegaron a un extremo de la edificación, donde grandes ollas hervían al fuego lento de unas fogatas de carbón y madera. Ambos se miraron a los ojos de momento, pero el más asombrado fue nuestro hombre, no conocía ese procedimiento para descarnar los huesos y proceder a estudiarlos determinando el sexo, la raza, edad, estatura y hasta las enfermedades que tenía en vida y el espécimen. Después de asegurar no reconocer cadáver alguno a pesar de saber de la desaparición de algunos compañeros de planta y antes de marcharse, fue abordado por el Sub Inspector Héctor Freites, quién venía en compañía del detective Marchena, por supuesto el encuentro no fue casual, Marchena, le había comentado a Freites, la presencia del ingeniero, debido a la investigación que llevaba la brigada, "C" liderada por él, motivo por el que Freites, le afirmó a Marchena, que el testigo había estudiado con él en la universidad, entonces la alegría de volverlo a ver y el interés investigativo, motivaron más a Freites, quién lo abrazó efusivamente cuando lo tuvo al frente —¡Por Dios! eres el mismo pichón de antropólogo de hace doce años, —así que ese encuentro los comprometió definitivamente.

Wladimir Romero, renunció definitivamente a la planta Eléctrica, cobró sus prestaciones y a la vez fue excluido de responsabilidad penal alguna, puesto que no era el ingeniero de guardia ese día, decidió emprender su vida en la ciudad de la Guaira probando otros derroteros.

La investigación prosiguió, pero llegaron detectives de la ciudad capital del cuerpo de investigaciones y reforzaron a los funcionarios locales en las averiguaciones del caso de la planta eléctrica. Así que nuestro personaje, también tomó por las riendas la reconstrucción de su accidentada vida, juró no trabajar más como ingeniero, como si eso de cambiar de profesión fuera cualquier cosa, porque ni siquiera quiso reposar unos meses y tal vez seguir en esas lides. Comenzó a pensar que haría de ahora en adelante, que no fuera algo de electricidad, no quería ni como ingeniero, ni nada por el estilo. Acostado en la cama con las piernas en alto en la habitación que alquiló en una casa colonial en el casco de la ciudad portuaria, comenzó a evocar con lentitud, tratando de hacerlo en relajamiento total con una respiración lenta, pero profunda. Su nueva cama porque no se quiso llevar la que tenía en la planta, poseía una característica: era totalmente antigua, el modelo escogido fue el similar a su cama de la casa materna en el llano venezolano. Le exigió al carpintero que labrara la madera con círculos concéntricos y algunas mujeres desnudas con alas de ángel, de tal manera que Prieto, el carpintero colocó de cabecera un tablón de cedro de seis centímetros de espesor y contrató a un artista tallador de la Guaira, para que hiciera el arte en la cama, inclusive debería llevar un toro y un llanero a caballo en acción de coleo, en la parte frontal del madero que tapa la cama por el lado de los pies. Pensó luego que las vainas que le estaban pasando se debían a su manía de estar solo sin mujer. Definitivamente sus problemas ahora eran más que hace unos años atrás. Se encontraba traumatizado por el incendio, por poquito se muere, luego sufre una regresión y lo sumerge en una gran duda, o fue un sueño en medio de su inconciencia en el incendio ¿Mientras sus compañeros cargaban su cuerpo inerte? ¿Qué haría ahora?, pero de todas maneras a pesar de ser de un carácter impulsivo y de tomar decisiones sin pensarlo mucho, se obligó a racionalizar y a ordenar las futuras acciones, decidiendo de una vez por todas a comenzar por ver a un psicólogo para que le ayudara a comprender lo sucedido, porque fue tan real la experiencia soñada aparentemente, pero de tal manera que aún cada detalle que recordaba con pasmosa intranquilidad, lo hacía dudar y hasta suponer que él fue el cacique omnipresente en su recuerdo, pero inexistente físicamente, esto también lo mantenía desorientado porque pensaba que podría ser un sueño y no una regresión o todo lo contrario, ahora una impresión onírica, si tal vez podríamos decir una experiencia psíquica como esa, nunca había sufrido, era lógico intuir entonces que las implicaciones psicológicas, dejarían vínculos de extrema sensibilidad entre su subconsciente, sus sentidos y principalmente en su estado de vigilia. "No definitivamente no" pensó, "no voy a quedarme así, necesito relajarme y averiguar sobre la historia de la región, a ver si puedo establecer alguna conexión". Por otra parte, volveré a practicar *Tae Kwondo*. Wladimir, era un cinturón negro de esa disciplina marcial, creyó que eso lo ayudaría mucho a superar todas esas molestias Psicológicas y lo más inmediato ese día, sería invitar a su amigo de la policía a tomarse unos tragos, costumbre que no tenía, pero que en esos momentos lo ayudaría mucho. Llamó al Sub Inspector Héctor Freites para reunirse, pero se encontraba ocupado en busca de unas muchachas extraviadas, así que, colgó el teléfono público y se fue caminando por una callecita colonial. Muchas casitas con grandes portones de madera, Zaguanes largos que son los pasillos entre el ante portón y la puerta principal, ventanales de hace 300 años, aceras lisas y calles empedradas o sea un buen casco colonial, que era el centro histórico de la Guaira. Se detuvo en una librería y compró un libro titulado: Historia de la Guaira, sentándose luego en un banquito de la pequeña plaza que está frente al puerto, leyó hasta las once de la noche cuando se decidió retirar, pero su ánimo permanecía por el suelo, así que comenzó a caminar acompañado por el baño de la luz de la luna, encontrándose en el camino un barcito donde entró, para ver si de esta manera pasaba la depre, abriendo los dos batientes de madera al estilo taberna del viejo oeste, nuestro hombre, que estaba más solo que nunca y muy triste, comenzó a deslastrarse de su condición psicológica actual. Pidió un *Whisky* en las rocas. Dos, tres, cuatro y ya el corazón clamaba, rumiaba por un nombre de mujer: Mercedes, su novia de siempre. El año pasado le dijo —Si no te vienes conmigo olvídate de mí. Tengo un concejal proponiéndome matrimonio, yo aún te amo, pero te quiero aquí —Recordó que tiró el teléfono con rabia y dolor, luego la volvió a llamar. —Meche, por Dios me chismosean que te vieron con ese hombre, yo te amo, pero tengo unas metas que cumplir en mi vida, ¿No me puedes esperar? —Fue un tono de cierre electrónico, se repitieron las llamadas, semana a semana, ahora ya no hay llamadas. Él ya no está en la planta eléctrica, sin embargo, aunque sufre en su soledad, no la llama, esta vez, sacó su lapicero y se dispuso a escribir en el bar, en las únicas hojas blancas del libro recién adquirido. Con cinco *Wiskys* encima y una sensación de tristeza tipo depresión, garrapateó lo siguiente: "Ella lo sabe, me tocó sufrir porque ella, así lo quiso". Mi querencia se alzó en la copa, del *Whisky,* los amigos lo disfrutaron, yo con ella sentí las mieses de la felicidad, horas después su cuerpo se refociló con mis caricias de vigilia, con mi tacto, alertando la geografía erótica de su piel como sexo heroico e indómito, jadeante palmo a palmo, como era su condición imponderable, que solo se doblega ante el enhiesto marfil de mi alocada pasión, al penetrar sus suaves, pero epilépticas entrañas humedecidas por el compás dinámico, cíclico y violento de su agonizante culminar.

Hoy, he comenzado a escribir en el momento menos preciso, porque es el tiempo de guindar el alma en el profundo abismo del recuerdo, sin más soporte que el débil hálito de una esperanza muerta, he comenzado a escribir en una tasca triste, bajo el cálido influjo del licor, para amortiguar mi grito en las tinieblas. ¿Quién dijo que no tengo alma de poeta?, si no fuera así el tañido de la campana de la iglesia, no arrancara una recóndita lagrima, no me arrancara un orgiástico dolor que me irrespeta.

Si escribo hoy, es porque entiendo al mendigo cuando cualquier cosa acepta, hoy es un día que mi refugio es tomar lo que sea a costa de un sentimiento absoluto para mitigar las tormentas, pero tal turbación no es óbice para contar el empedrado camino del amor perdido, claro, tú lo sabes, estoy sufriendo porque tu Mercedes, lo quisiste y"……Wladimir, no pudo escribir más, pensaba en medio de su estado etílico enviarle esa carta hecha en momentos de crisis, así que se vea que estaba sangrando por la herida, elucubro, que sienta mi dolor y ella también llore; el llanto lo invadió ante la dictadura del alcohol y lo quebró, apoyó la cabeza en la barra, llorando a moco suelto, un parroquiano volteó, lo observó y le comentó a sus compañeros —¡Ese es un palo de hombre, cuando los machos lloran en una taberna es porque están despechados brindo por el! —Se descargó un poco de verdad, el amor y la tragedia, sus grandes acosadores, pero en medio de ellos palpitaban muy fuertemente los escenarios indígenas, eso lo hizo volver en sí, de manera muy sobresaltada, se aparecieron las escenas de la lucha de los indígenas con los españoles, eran como pantalla de televisión que se apagaba y prendía. Los fogonazos luminiscentes le produjeron dolor cerebral, por eso se agarró la cabeza con desespero, pero inesperadamente dos grandes manos atraparon su cabeza. Eso lo hizo reaccionar, era Héctor Freites, quién le dijo —Compadre ya se me rascó —hablándole con mucho cariño y de inmediato lo abrazó como un padre protector, llevándoselo para su domicilio en una radio patrulla, que había estacionado frente a la tasca. El Sub Inspector Freites, mozo de un metro noventa y cinco de estatura, se llevó la mano derecha al bolsillo en busca del muy costoso bolígrafo de Wladimir, lentamente palpó la forma del bolígrafo, redondo y abultado, —¡Ja! mi compadre siempre tan delicado, este bolígrafo debe valer una fortuna, —extrayéndolo de inmediato. El movimiento calculado de la mano ocasionó un choque con la pistola Smith and Wesson, calibre 9mm, modelo 59-1, pero sin embargo, era como un movimiento obligatorio de los detectives, siempre verificando que el arma de reglamento estuviere ahí en su sitio, hasta por instinto podría decirse, colocado en la cintura con el cañón dentro de la pretina del pantalón, solo afuera la cacha, ligeramente hacia su lado derecho, cerca del bolsillo de ese lado, desatendiendo las instrucciones de llevar el arma en su respectiva funda, ciertamente Héctor Freites, casi siempre llevaba la pistola escondida dentro de los pantalones y la camisa, solo la usaba así en momentos como ese, que se encontraba de guardia por 24 horas, luego leyó lo escrito en el libro también rescatado que contenía la prosa sollozante de un espíritu en crisis.. Cerró suavemente la puerta, le pareció haberle resguardado su integridad, Wladimir, estaría satisfecho con él por eso. Allí quedaba un amigo de hace mucho tiempo, por su parte Héctor Freites, al regresar a la patrulla Chevrolet Chevi Nova pintada de azul con grandes logotipos de costado, que decían Policía Técnica Judicial, (pero cuyo nombre real era Cuerpo Técnico de Policía Judicial según decreto 48 de la junta de gobierno del 20 de Febrero del año de 1958, a sus directivos les pareció más cómodo diseñar un logotipo de tres letras grandes y así dejar en el aire eso de PTJ, como siempre lo conoció el pueblo) en el techo, sendos faroles de colores diversos a la usanza policial del país. Seguidamente decidió asustar al agente González, que vestía de flux con su respectiva corbata, según era su costumbre al estar de guardia y quién dormitaba en la patrulla esperándolo, se introdujo en el vehículo patrulla del lado del conductor, no sin antes regañar al agente: si sigues durmiendo en la patrulla así, el hampa te va a matar por descuidado. —Arrímate —le ordenó y procedió a conducir la patrulla el mismo.

El vehículo comenzó a desplazarse muy lentamente por el empedrado de la angosta calle colonial, con muy buena iluminación artificial, proviniendo de los farolitos de las aceras escasas de parroquianos, bajó una cuadra, dos y cruzó a la derecha, desembocando en una plaza pública que tenía el busto de un prócer de la independencia, hecho en mármol, tal vez porque las estatuas metálicas se las come el salitre de esa zona costera, de inmediato el chofer fijó su mirada en el magnífico horizonte, el puerto de la Guaira, inmenso, bañado de luz , con sus barcos comerciales anclados y sus grandes grúas al lado, a la espera del día para iniciar las operaciones de descarga, hacia los contenedores de transporte. Cada vista de los buques se hace merecedora de una tarjeta postal, por lo magnífico de su percepción nocturna. Más allá y a medida que se incorporó a la avenida principal con el vehículo patrulla, aprovechaba el Sub Inspector Héctor Freites, para reflexionar, sin dejar de observar en las curvas a las olas madrugadoras del mar, iluminado por una tenue luz proveniente de la gran claridad eléctrica de la ciudad portuaria, mientras el elegante González, continuaba en la duermevela. Se dirigían al despacho policial investigativo, pues estaban de guardia las 24 horas del día, luego de llevar a Wladimir, a su residencia. Freites, a su vez era el jefe de la guardia, compuesta por diez hombres ese día. Este tomó el radio: —¡Central P-500 adelante! —Llamó a viva voz por radio transmisor. La sede Central en la Guaira contestó — Adelante Guaicaipuro I, le copiamos fuerte y claro. (Guaicaipuro I es la clave asignada al jefe de guardia). —Enterado oricha (1) (sede central), informe las novedades de importancia —Contestaron los detectives de la sede Central. —Entendido jefe, recibimos la denuncia sobre el secuestro de una jovencita en la noche, enviamos dos patrullas con seis funcionarios para investigar en el sector de Catia La Mar. Ok. Oricha I, voy al lugar, precise donde se encuentran las comisiones. —Y así en la espesura de la madrugada, Freites y el agente González, se desplazaron en la unidad policial automotor rápidamente hacia el encuentro de las comisiones que investigaban el caso de la joven raptada.

—Me imagino que es mejor hablar de rapto que de secuestro o de una fuga —dijo el pesquisa Freites a González— las jóvenes se desaparecen es por otra cosa, muchas veces la causa son los novios, —reflexión que causó risa en el elegante y cachazudo González.

El vehículo policial avanzaba sobre Catia la Mar a la salida del aeropuerto, cuando avistaron un vehículo chocado en vía contraria, cuatro hombres que parecía que salían del vehículo chocado, transportando un paquete negro muy grande hacia un *Ford Fairlane 500* estacionado a diez metros, aparentemente un fardo. Freites, frenó violentamente. Pensó "¡La muchacha raptada o secuestrada!" Agarró la sub. Ametralladora UZI que estaba en el piso del vehículo y le dio tremendo codazo a González, para que se pusiera alerta por si acaso iba medio dormido. Se estacionó, pero un quinto sujeto al ver a la policía comenzó a gritar distante —¡Ayuda por favor tenemos gente mal herida aquí!, —efectivamente el vehículo *Zephird* azul había chocado contra un poste de luz, Freites, decidió proceder con mucha precaución y pidió refuerzos por radio alertando a González, —¡mosca González! puede ser una trampa —y en vez de atravesar la ancha avenida de Catia la Mar, se quedaron a observar, a alumbrar de lejos con las linternas al vehículo colisionado.

El que solicitaba ayuda era un gordito muy bajo de estatura, cruzado con una especie de correaje en el pecho, muy imperceptible con solo la luz de la autopista. Atravesó la calle muy desesperado clamando ayuda, mientras tanto los hombres que habían abordado el Ford con la bolsa se veían muy sospechosos y el vehículo no les encendía, siendo la soledad de la autopista la responsable del ruido infernal al tratar de encender el motor ocho en V., —¡Central despache hacia Catia la Mar todo el personal, usen sirenas el vehículo a detener un *Ford Fairlane 500* de color negro, y ordene a las unidades que investigan en Catia La Mar se trasladen hasta aquí! — Terminó Freites por la Transmisión Radial.

El detective Piamo, se encontraba en la sede central de la Guaira, al frente de la comunicación radial, pero tuvo la necesidad de ordenar el despacho desde la sede de cuatro detectives en motos, a fin de que se desplazaran al lugar, las comisiones que estaban en Catia La Mar, se reportaron adyacentes. Freites, ordenó al bajito —¡Suba las manos a la cabeza, ciudadano! —y este le gritó— ¡No joda, tengo gente herida en el carro, ayúdeme por favor! ¿Quiénes son ustedes? ¿Paramédicos?, —A manera de hacer ver que él no sabía que eran policías. —No veo nada en el vehículo, parece vacío —y el enano le respondió a Freites, —¡Pues toma! y esgrimiendo dos pistolas que traía preparadas una en el bolsillo de atrás y otra en una funda en el centro de la espalda, especialmente confeccionada para él, comenzó a disparar como loco contra los funcionarios que estaban como a diez metros de él, de inmediato los hombres del *Fairlane* hicieron lo propio, pero con dos sub ametralladoras que cargaban, efectuando sendas ráfagas contra ellos y comenzaron a moverse estratégicamente para producir un cerco a los funcionarios policiales. El Inspector Freites, aún no salía de su sorpresa, pues de ver a un enano gordo llorón pidiendo ayuda en medio de la calle gritando y rumiando su dolor de tener familiares heridos para luego verlo convertido en un pistolero feroz, vomitando fuego con las dos armas, que traía escondidas en su cuerpo, definitivamente era una locura, solo salvó a Freites, ese instinto de policía que le hizo sospechar todo el tiempo, el mismo que le obligó a lanzarse al suelo protegido por el coche patrulla. Gonzáles, fue más lento y si se quiere arriesgado, entendió que la carga mayor del gordo enano iba dirigida a Freites, así que no se lanzó al piso, era demasiado flojo para emular a un rayo, se quedó parado, craso error, no se movió, pero que hombre, en sus clases de operaciones policiales en la academia siempre tuvo problemas, por flojo parecía de nervios de acero, aunque realmente él era así un hombre muy lento, no le inmutaba nada, o sea que no reaccionaba ante cualquier estimulo, asimilaba todo con calma. Esa era su personalidad, hombre macilento, pero de acciones seguras. Así que tomó su pistola 45 y como todo un campeón de tiro que fue en la academia, apuntó a pesar de que la iluminación de la avenida era artificial y escasa por lo avanzado de la noche, trianguló la cabeza del enano gordo, el ojo entre la V que tiene la pistola llamada alza y el guion diminuta hojita metálica que González, la usaba fosforescente ubicada en el extremo de la armazón cuadrada que protege y sirve de riel al cañón de la pistola. Al fin la pieza metálica se ubicó debajo del cuello del enano, lentamente sobre pesados segundos. El dedo índice de la mano derecha del detective, se enrolló alrededor del gatillo, retrayéndose y produciendo el estruendoso sonido al percutir la aguja sobre el culote de la bala que se encontraba en la recámara del colt 45. El aire de la densa madrugada se cortó con las ondas sonoras del nuevo disparo, reinando luego el silencio cómplice y siniestro de esos hechos violentos. El proyectil 45, recorrió invisible con pasmosa velocidad los diez metros de distancia, pero posiblemente por los fenómenos visuales de percepción de la oscuridad hicieron que el tirador errara el blanco, que era el cuello, por centímetros el proyectil raudo y mortal chocó con la fuerza de una gandola, pero con la velocidad de un cohete en el hombro izquierdo del enano gordo. Realmente el detective apuntó a la altura del cuello, pero la bala hizo una trayectoria intraorgánica desde el hombro izquierdo con orificio de salida en el hombro derecho, desgarrando músculos, tendones, arterias y huesos. El enano rodó por el duro pavimento, soltando las dos pistolas y convulsionando, en el piso dio varias vueltas hasta quedar inerte. Los otros dos hombres que portaban las sub Ametralladoras UZI, robadas a la infantería de marina, como se verificó posteriormente, al ver al sujeto caer y llegar dos patrullas más volando prácticamente, el ensordecedor ulular de las sirenas aunado al enceguecedor destello de las luces de emergencia girar, dispararon con furia hacia los recién llegados, pero el dicho popular es claro: Arrugaron (o sea que se asustaron) y soltaron las sub ametralladoras, rindiéndose en el suelo, cuando los funcionarios que una vez pie en tierra, con un mayor poder de fuego, les efectuaron varias descargas con dos fusiles FAL calibre 7.62, que es dotación reglamentaria del despacho policial. Los otros dos choros pusieron en marcha vehículo Fairlane y se dieron a la fuga, pero fueron interceptados más adelante por la policía metropolitana, quienes intercambiaron disparos con ellos, falleciendo del mismo modo violento en que vivieron. Lo más sorprendente de este hecho, es que, dentro del maletero del vehículo retenido, los hombres transportaban en una gran bolsa negra con huequitos hechos como respiraderos, a una damita de 18 años de edad, esbelta de talle, hermosa de rostro, de raza negra y quien se encontraba en ese momento bajo los efectos de alguna droga adormecedora suministrados por los secuestradores.

Días después se reunía el sub Inspector Héctor Freites con Wladimir Romero, en la sede del Cuerpo Detectivesco... —Tengo que agradecerte Héctor, —pero este no le permitió terminar— ¡no! ¡no! mira ya terminé mis labores, vamos a la tasca aquella que está a orillas de la playa, tengo muchas cosas que decirte y creo que tú también, así que vente, vamos en mi carro, estamos cerca, —Partieron en aras de una franca relación, atravesando la avenida ruidosa y congestionada de vehículos. A las cinco y treinta de la tarde, regresa la gente a sus viviendas, luego de laborar todo el día en las Aduanas, los muelles portuarios, entes oficiales y particulares, también regresaban las filas de vehículos, los transportes públicos que se dirigen hacia Caracas y las gandolas que venían cargadas de los muelles aduaneros, llevando su mercancía. En medio de eso el pequeño vehículo Fiat gris, de último modelo se fundió literalmente entre la vocinglería de las interminables colas de vehículos y el claroscuro del ocaso guaireño, hasta su destino final, un lugar de placer y esparcimiento, donde los dos jóvenes traslucieron su alegría y sentimiento afines, cerrando el círculo de su poderosa y solidaria amistad. Ambos levantaron la diestra enarbolando la dorada bebida reafirmando el llamado a la salud y la prosperidad. — ¿Héctor? ¿Te acuerdas cuando estábamos estudiando en la escuela de Antropología?, —¡claro como no recordarlo, salud! —Chocaron las jarras cerveceras. —Yo era feliz, ¡hoy no Héctor!, estoy atrapado y no sé cómo salirme! —¡Habla Wladimir, los hombres nos desahogamos con los amigos! okey, okey, —Frunció el ceño, pero al momento aflojó los músculos faciales y entró en un franco relax, como si no le quedará más remedio. —Tengo dos personalidades, esta y una maldita que a veces se porta mal y no me deja recordar, encima de eso vivo múltiples experiencias; navego a través de ciertas regresiones y las vivo, hoy me agobian esos recuerdos, me debato entre la realidad y la virtual, no sé a qué atenerme, de verdad que mi situación psíquica luego del evento catastrófico, es un desastre. —Así hablaba Wladimir, hombre humilde, pero con clase y con cultura, aún faltaba contarle a Héctor, sobre todas sus cuitas, —¡y hermano lo más grave de mi situación es que mi novia de toda la vida ya no me quiere, que desgracia Héctor! —Así terminó de recorrer su camino empedrado. Que problemas los que presentaba el sobreviviente de Tacoa, quien lo diría, por una parte era un hombre muy joven con apenas 28 años de edad, cargado de ideas y con un ímpetu extraordinario, dispuesto a conquistar el mundo, pero su currículum psíquico le obstaculiza por los momentos su proyecto de vida, porque él no era un psicópata, ni sicótico, no asomaba una gota de neurosis angustiosa, ni nada por el estilo, solo le molestaba terriblemente que su subconsciente fuera tan muérgano, tan ocioso, tan genial y tan calculador, que le estuviera haciendo esas malas pasadas, como si tuviera un espíritu y un bolso anexo donde se fueran depositando todas estas circunstancias y después pensara arrastrarlo por toda su existencia.

Te escuché, con atención y preocupación, ya iban por la sexta cerveza. —Gracias Héctor. —Fíjate sin embargo, no veo tan malo todo, he visto casos terribles de enfermedad mental que han reflejado en lo criminal, los hemos tratado aquí por la investigación criminal misma, todo como si los Detectives fuéramos psiquiatras forenses, —agregó Héctor —continuó — por eso pienso que tú eres depositario de unas ricas experiencias y te preocupaste en contarme toda la regresión, entonces a medida que te escuchaba fui analizando y antropológicamente hablando, déjame decirte que creo que estamos frente a un fenómeno, por demás interesante; tal vez un psicoanalista sea el profesional idóneo para comprender esto, claro que tenemos que identificar la fuente Wladimir; donde estudiaste esta historia antes, porque si tu no leíste sobre la historia indígena de nuestra accidentada colonización, entonces si podríamos hablar de fenómeno, ahora podría decirte que hay algunas teorías muy complejas sobre la genética y la memoria heredada de nuestros antepasados, también hay gentes que estudian las regresiones, pero no conozco ningún experto en eso, en fin, este abanico de interrogantes es lo que hace interesante todo esto, así debes fortalecerte más, que eso de sentirte mal. Bueno fíjate — agregó Freites, —en otro orden de ideas, tú también eres Antropólogo y debes tener muy presente el tema de nuestros aborígenes, no se digo esto, bueno, bueno por decir algo que te ayude. —Vaciló —coño, sí, pero no recuerdo haber tocado con detalles el tema, más bien me dediqué a la antropología cultural, estuve investigando en la Universidad Central de Venezuela, algunos temas para la escuela de antropología, pero de costumbres caraqueñas y eso. Ahora quería decirte Héctor, los efluvios de la inspiración me han tocado con cantos de sirena, estas tormentosas arrancadas que me sacuden el alma y que a veces no sé por qué se presentan, si es verdad que al final nos dan sosiego, pero me aúpan a escribir prosas, créeme, lo he hecho; ahora analizo que escribo con más profundidad que antes, con más pasión mis poemas, ahora se acercan a Rimbaud, pero siempre tratando de ponerle un freno a mi doble personalidad, que ya la descubrí y puse a raya, si fuera por ella ya fuera el poeta atormentado.

Wladimir, tenía la piel erizada, pegajosa por el sudor que le ocasionó el esfuerzo de contar al amigo tantas cosas que parecían ridículas, porque era así, una cosa es contar lo que parece una invención y otra tratar de hacer la narrativa lo más creíble posible, sin que lo perciban paranoico, tal vez un último elemento era desprenderse de algo tan personal e íntimo. Bueno al fin sintió un alivio, consiguiendo la solidaridad del acompañante de jarra.

Como el Indio Romero, por su complexión física muy fuerte y sus rasgos antropológicos, era conocido en su pueblo, hasta lo comprometían en la primaria y secundaria, para que representara a los diferentes caciques, de la misma manera Héctor, era un negro ligado con blanco, su piel era muy oscura y su cráneo negroide, pero de labios muy finos, heredados de su mamá catira, ambos se levantaron de la barra abrazados, con veinte cervezas en el cerebro y así, se acercaron al rompeolas que estaba detrás del restaurant tasca, lugar exclusivamente preparado para los clientes, adornado con una caminería de farolitos pequeños, pero potentes, en el (boulevard marino)…., se levantaban grandes piedras que en la semi oscuridad nocturna solo se observaban grises más o menos intensas. Allí frente a ellos las olas del mar rompían estruendosamente y salpicaban la cara de estos dos mestizos, hermanados en un segmento histórico personal que fortaleció el vínculo.

—Yo también tengo grandes problemas compadre, —agregó Héctor— pero no porque estoy tomando te los voy a confesar, es que se trata de mi matrimonio y te quería pedir consejo. —¡Haber saca, saca!, que estoy como un palo de hombre para llevar los carajazos del amigo, yo mismo soy, habla con confianza Héctor.

Héctor, le contó los problemas de impotencia sexual con su esposa, joven, bella y del amor que se tenían. —Wladimir, ella está estudiando actualmente y no quiere hijos por ahora; eso me produjo un bloqueo mental, ahora me perturba para sostener relaciones sexuales con ella.

Avanzaron las horas y la ebriedad se hizo presente en ambos hombres; sin embargo, la alegría los mantenía en pie, luego Héctor, comentó —

¡Compadre, padrino de mis futuros hijos! —Bueno Wladi, —le cortó el nombre cariñosamente— por ahora deberíamos irnos a descansar, pero vamos a ponernos de acuerdo, yo conozco a un psicoanalista llamado Pedro Istúriz. —¡Qué bueno Héctor! lo visitaremos. —Así concluyó esa noche alegre, ante el frío intenso de la madrugada, el batir de las aguas heladas del mar caribe.

Al día siguiente, el indio Romero se levanta completamente desnudo, su cuerpo fibroso y de abdomen plano, exigía revitalizarse, por eso abrió un poco la puerta del baño antigua y pesada por ser de madera maciza, se introdujo a la tina plateada y bruñida, abrió el agua fría, casi convulsiona, luego mezcló las dos aguas fría y caliente sintiéndose mejor, entonces lentamente fue cerrando la caliente para adaptarse a la fría, se quedó con los ojos cerrados hasta que se llenara la tina; después de disfrutar al máximo el baño, emergió chorreando, tomó el paño gigantesco que decía en letras bordadas, Wladimir Romero, comenzó a secarse lentamente.

"¡Que Vaina!, siempre me seco con la toalla de este maldito! ¡y ahora!", pensó para sus adentros "me voy a declarar culpable del incendio de la planta y ver como sufre este maldito, ¡ya se!, voy a la prensa, hago una declaración primero, luego voy a la policía, este maldito es Ingeniero, ese día como que estaba de guardia, en la madrugada y era su responsabilidad" (realmente no estaba seguro, esto venía a constituir un talón de Aquiles del actor psíquico que representaba la doble personalidad de Wladimir), de repente el hombre sintió un destello muy fuerte, muy brillante, casi pierde la conciencia, fue su cerebro el receptor del fenómeno, se agarró del lavamanos para no caer y al momento de manera convulsionada comenzó a ver imágenes del incendio, luego se vio en pleno mar montado en una piragua usando arco y flechas contra un bergantín español; todo giraba muy rápido en torno de sí, lanza sus manos buscando un canto o una arista que le permitiera asirse, rápidamente siente un desvanecimiento, ya no es el cerebro, también fallan las piernas, tropieza con la poceta, se aferra al ovalo de porcelana y evita un final abrupto, al abrir los ojos, sintió náuseas y aprovecha para descargar el resultado de su opípara noche de pasapalos, comida y licor, hasta culminar con un estertor gástrico. El hombre jadea, su respiración está entrecortada, demuestra una tormenta de sus signos vitales, ya su rostro moreno de rojo pasó a pálido, pero la disnea persiste, sigue confuso, de repente comienza a recobrar la vigilia, aunque figuras erráticas direccionan sus estados cerebrales, que se recomponen lentamente. En abstracto se queja de la aparición, nuevamente del misterioso no invitado que trata de apoderarse de su personalidad y a veces de hacerle daño.

Wladimir, sigue pensando completamente desnudo y abandonado al suelo varguense: tengo que precisarlo y echarlo a patadas con ese psicoanalista, esto ya se está volviendo muy frecuente, pensó nuevamente y evocó a Mercedes, que falta me haces, mujer, mis cargas serían menos pesadas contigo, allí estaba presente, una joven de 29 años, exactamente el día de su cumpleaños número 18, se fueron al río escapados del grupo familiar, de piel blanca, vestía un traje entero, tallado a su cintura, delgada, donde nacían unas graciosas caderas insinuantes, la tela se montaba sobre sus nacientes nalgas, sin ajustarse, pero que con suavidad moldeaban las masas glúteas simétricas, redondas y exóticas, por delante se podían observar unos senos turgentes enhiestos de promedio normal, pero la tela después que Mercedes, se sacó el sostén, permitía saborear con malicia la dureza de sus pezones al entrar en contacto con el agua. Mercedes y el jovencito Wladimir, se lanzaron traviesamente, con todo y ropa, retozaban con alegría, con piruetas de adolescentes enamorados. Luego al correr de la dorada tarde llanera, la cristalina agua rápida y fría, hacia olas diminutas sobre las dos piernas desnudas del cuerpo de Mercedes, acostada en la arena del río casi en la orilla, su hermoso rostro de ojos penetrantes y seductores invitaban al joven a recorrer con su vista el paso del agua por su diminuta pantaleta, ahora mojada, amoldada a la sinuosa forma de sus partes íntimas, fantasía abierta a las sensaciones a propósito. El instinto fue sometido por la ingenua pregunta del formalismo de la relación y la excelente formación familiar. —¿No vamos a esperar para cuando nos casemos? —Mercedes, chapaleó la arena blanca desplazando el agua de sus perfectas piernas —¿Quieres saber que pienso de eso, aunque aún soy virgen? —bueno……. —medio articuló la palabra el muchacho Wladimir, con cara de sorprendido. Mercedes, rápida y desafiante, penetró en el reino de la expresión corporal, se levantó violentamente, se quitó el vestido y en medio de esa magnífica vista, abrió y levantó los brazos, sus senos desnudos se levantaron más, con esa belleza salvaje de la criolla venezolana, pero después de marcar esa teatralidad, frunció el ceño y lentamente se le fue acercando, subió el dedo índice batutero, apuntó al joven, se lo llevó al medio de los ojos, lo regreso hacia sí, lo bajo hasta las diminutas pantaletas y violentamente señaló hacia ella y luego hacia abajo, significando con ello que se las quitara, entonces él se acercó más, obedeciendo como un zombi y cuando eso ocurría ella volteó y bajó sus pantaletas, dejando el hermoso trasero expuesto a la vez gritó ante el ruido del río;.... —esta es la curva más escondida del rio. ¿Qué te pasa, tienes miedo?, pero ya el llanero, con fuego en la sangre asistía, presto al corolario de su devoción a Mercedes, desde los doce años. Solo el caer de la tarde amainó la pasión transformándola en compromiso eterno. Dejó de evocar, pues se levantó y procedió a vestirse.

Romero, comenzó a asistir al Castillete de Armando Reverón, en compañía de Héctor Freites, lugar donde se leían cuentos, crónicas, prosas y poemas era un café literario en la Guaira, que sabroso se pasaba allá. ¡Qué vida! Él se enfrentaba a su propio destino a sus casi treinta años de edad, decidió renunciar a su profesión de Ingeniero Eléctrico, parece que el susto fue muy grande y quedó traumatizado, por suerte había estudiado dos carreras, Freites, a su vez vivía en el Pueblo de Tarma, a diez kilómetros de Catia la Mar, con su esposa; era dueño de una enorme casa colonial de seis habitaciones, dos baños y un enorme solar. A Wladimir, le ofreció con mucho aprecio una de estas habitaciones mientras tanto, el aceptó gustosamente irse por una semana, no quería abandonar el centro de la Guaira, trasladó sus enceres personales estableciéndose felizmente por una semana que se convirtieron en cuatro. Ambos estaban contentos y esa noche, Héctor su esposa Rosita y él, se tomaron una caja de cerveza e hicieron una parrilla con carne, chorizo, morcilla, yuca y guasacaca; al día siguiente Héctor Freites, llevó a Wladimir, a la Casa Guipuzcoana para presentarle al historiador Víctor Montero; el plan de Freites, era conseguirle trabajo también, como sabía que Víctor Montero, estaba buscando asistente, consideró que este era el más idóneo, los dos hombres se conocieron y al instante se cayeron bien. Oye Freites, tienes una gran pupila, este era el Asistente que yo necesitaba, Freites, se regocijó por el halago, luego los tres se fueron a celebrar y abandonando la Oficina del cronista de la ciudad de La Guaira, se dirigieron al Restaurant Rompeolas, ubicado después de Catia La Mar por la vía de Marina Grande, permaneciendo varias horas, tomando cerveza. Wladimir, le contó al historiador entre trago y trago su recién accidentada vida, desmenuzando poco a poco los destellos psíquicos de los cuales había sido objeto durante el incendio y después de lo ocurrido en la planta y el otro detalle importante lo que observaron entre los cadáveres quemados de esa osamenta que a simple vista no correspondían a las personas víctimas de ese desastre, debido a que en apariencia esos huesos calcinados en un 40% parecían ser muy antiguos, pero en cuanto a ese detalle intervino Freites.

—Mire profesor Montero, esos restos óseos, por acuerdo con el equipo de Antropólogos y Médicos Odontólogos Forenses, fueron llevados a Ciencias Forenses, si bien fueron traídos desde el desastre de Tacoa con otros cuerpos, desde un principio despertaron sospechas, en el sentido que ese ser humano no fue víctima allí en ese evento precisamente, a simple observación, los restos parecían tener, una antigüedad mayor y a pesar de estar quemados se presumió de un hecho anterior, después que declaramos a los de Defensa Civil, quienes trajeron estos restos específicamente, confesaron que el fluido de Fuel oíl número 6, destapó unos desagües y en una profundidad de dos metros en la tierra adyacente en el tubo de aguas negras observaron estos restos, por eso les llamó la atención, cuando los subieron, se encontraron con que estos, tenían tierra encima o sea como si estaban enterrados, pero creyendo que fueron impulsados por la corriente hacia allí, como no conocen nada de Antropología, los colectaron porque estaban esparcidos y se los llevaron entre el montón de cadáveres.

Los oídos del Profesor, captaron el cuento con sumo interés e interrumpiendo con voz sonora y firme, propiedad fundamental de su recia personalidad a pesar de sus sesenta y cinco años, afirmó —No es el primer caso de osamentas localizadas en la Guaira, o mejor dicho en la Costa, cuyas antigüedades nos remontan al origen amerindio originario, en otro caso a nuestros indígenas de la conquista.

—A eso vamos —explicó Freites— la Antropóloga Forense que estaba con nosotros Libia Muñoz…, acotó que, a simple observación, suponía que esos huesos pasaban de cien años; ¿Qué le parece? la planta eléctrica que explotó no tiene cien años, entonces podría tratarse de un poblador de esa zona, aunque era despoblada hace cien años; sin embargo, en las adyacencias habían poblaciones; hace un mes fuimos a buscar los resultados de la investigación forense y fue sorprendente para todos. — Entonces hizo una pausa larga.

—Montero, —en ascuas, espeto— ¡bueno, bueno, caramba estás reteniendo información histórica a costa de tu narrativa parsimoniosa. — Montero y Freites, acostumbraban a jugarse así, frecuentemente asistían al Castillete de Reverón, a los cafés literarios, Montero siempre leía sus cuentos y Freites, sus poemas, resulta que Freites, era poeta y quería meter a Wladimir, en esa cofradía, ahora Montero, también, ahora era cuando más confianza se tenían, los unían las corrientes humanísticas y de vez en cuando unas cervecitas.

Luego Freites, continúo —bueno profesor, cáigase para atrás, los Antropólogos Forenses, después de estudiar la osamenta, nos aclararon que se trataba de unos huesos correspondientes a raza indígena, cuya lectura de ADN, tenían alelos correspondientes a Etnias Caribes, probablemente descendientes amerindios, sometidas a varias pruebas de radio carbono 14 y técnicas de termo luminiscencias, arrojan una antigüedad de 400 años, tenían de estatura 1.70 mts. varón, no presenta enfermedad aparente, múltiples lesiones de huesos fracturados o cortados, pero calcificados, especialmente en los brazos y antebrazos, como lesiones defensivas de reiterados combates, de aproximadamente 35 años de edad, no presenta quemaduras recientes, sino haberse calcinado hace 370 años antes en un 40% de su cuerpo, siendo su aparente causa de muerte por quemaduras sufridas, pero el 60% de sus huesos estaban intactos incluyendo los dos fémures, columna, algunas costillas, brazos y cráneo.

Freites, después de leer el resultado de la experticia a Montero, le acercó la copia, este se colocó los lentes y comenzó a leer, lleno de asombro, — ¡Increíble! ¿Cómo se conservó esta osamenta? —preguntó Montero.

—Bueno, terminó el sub inspector del Cuerpo Técnico de Policía Judicial, lo cierto es que en PTJ, abrimos una averiguación de muerte por la osamenta aparecida, o sea la separamos del caso Tacoa y ahora de la misma manera cerramos el caso con esta experticia. Montero, entonces dijo —Pues, yo no lo he cerrado, investigamos sobre la larga noche de la historia.

El Ingeniero, cabizbajo miró fijamente a Montero, se da cuenta de algo que se le está ocurriendo en este momento. —¡No, no! —contestó Montero, casi lo adivinó— échalo pa' fuera, a lo que este prosiguió —¿Recuerda que le narré la supuesta regresión, que tuve en el incendio y que si fue un sueño, estando inconsciente, fue terrible, de todas maneras?. —Sí, sí, bueno recuerda que le conté que el cacique se enfrentó el solo en los pastizales de las colinas, casi en un cañón en medio de varias montañitas y si le sigo contando mi percepción da al traste con que yo era el cacique, aún me siento pelear contra los españoles, sentí lo peor cuando moría abrazado por las llamas. —Freites, ya había escuchado la historia, pero casi revienta de la risa, no se lo imaginaba, con un guayuco y una macana en la mano combatiendo, pero se contuvo. Montero, advirtió la inflexión irónica y levantó el arco superciliar derecho precisándolo, quien acató el discreto reproche. Wladimir, imposible, sacó un pañuelo grande con sus iniciales doradas en las esquinas y secó algunas gotas de sudor en su frente, comentó —No debería de sudar en este momento pues aquí tenemos aire acondicionado, pero narrar estas cosas me producen intranquilidad. Ya pasaban de tres horas, cenaron y bebieron cerveza en una gran mesa rectangular de madera pulida forrada por un mantel lujosamente bordado en rosas, la música de fondo se escuchaba dulcemente, un quinteto de hombres formaba una banda musical de jazz con melodías francesas, cubanas, brasileras y norteamericanas. Luego de una larga pausa y un lento trago de cerveza, fueron las palabras del Ingeniero las que asumieron nuevamente con mucha fuerza, la marcha forzada de las ideas y su escenario gutural. —¡Entonces compañero Montero!, el indígena cacique falleció quemado por las manos asesinas de los españoles, …. ¡Ahora si el pasa tragos se puso más difícil!… —había un nudo en la garganta de Wladimir— lo más claro de todo esto o sea de la masacre, —masculló el narrador— es que ese lugar donde encontré el fin como cacique era el mismo lugar de Tacoa, la misma playa, los mismos lugares ¡todo!, la geografía era la misma y ahora aparece el cadáver del indio como me explica eso profesor, indudablemente que si hecho este cuento a otras personas dirán que estoy loco de bola; encima de esto quedé traumatizado, no puedo oír ni un cohete explotar o un fósforo encender porque me cago y para completar ahora tengo a un coño de madre metido por dentro que me jode a cada rato y cuando le da la gana, ya usted sabe el cuento. Precisamente su cara expresaba lo que decía, tanto que Freites, lo increpó —Hermanito, no pele los ojos de esa manera tan... fea. Entonces Wladimir, soltó una carcajada, se reía de las gracias del policía, le contestó —Bueno fíjate, esos ojos pelados como cangrejo almorzando, son propios de tanto asombro, son como una válvula de escape. ¡Ja ¡ja — Rio también Freites. El historiador Montero, le tomó el brazo y le dijo, hijo te puedo asegurar que loco no estas, son fenómenos psíquicos, tienen cura, por lo demás vamos a averiguar que paso ahí y de que época estamos hablando, en esa regresión tuya. Freites, intervino y aseguró que le había recomendado un psicoanalista.

Días después en una nueva reunión en la sede de la PTJ, Víctor Montero, explicaba a los dos jóvenes, que esta etnia podía ser de Indígenas Caribes, refiriéndose a lo de la osamenta hallada en Tacoa; sin embargo explicaba que cerca quedaban las Aldeas de los Tarma, al Oeste de Carayaca, que según sus investigaciones ese indio podía ser el cacique Prepocunate el que correspondía a esas características, aunque se dice que murió en Los Teques, pero eso sería lo de menos, en la historia no todo está probado, tal vez fue Paramacay, es probable —Sin embargo querido amigo Wladimir, sigo asombrado con todo esto, ¿Cómo te pudo pasar esto a ti? —Entonces, Víctor Montero, preguntó a Freites —¿Dónde están los restos?, esto debe ser notificado de inmediato al Consejo Municipal para que comisione un equipo multidisciplinario y se avoque a este caso. El pesquisa le respondió a Montero —Ya estamos en esos trámites solo estamos esperando que el Director de la PTJ firme el oficio; por ahora los restos están a la orden de la División de Medicina Legal en Bello Monte, situada al lado de la Escuela Superior del Cuerpo Técnico de Policía Judicial.

Pensó Freites "Ahora es cuando viene la pelea por los restos". Montero, se dirigió a Wladimir —Como cronista de la Ciudad de la Guaira, necesito tu declaración testimonial de lo vivido, que de paso ya la verifiqué con algunos autores de la Historia de la Guaira y coinciden con esos Caciques Tarma, pero por ahora necesito oficializar esto como miembro cronista del Consejo Municipal. El cronista continuó hablando —Otra cosa, un consejo: practica deporte, es bueno para superar el estrés y no te olvides de visitar al psicólogo. Todos se despidieron y se fue cada quién para su casa, ya Wladimir, había regresado a la casita alquilada en el Casco Colonial de la Guaira.

CAPÍTULO V

El *sabonìn*, escuchaba atento y marcialmente a los jóvenes aprendices de *TAE KWONDO,* lucía un cinturón negro nuevo acomodado en su cintura sobre el uniforme impecablemente blanco, a medida que iban llegando al enorme salón cubierto de espejos y piso de mosaico, un poco poroso para que el fino látex de las chancletillas de practicar *TAE KWONDO* no resbalasen. El *sabonín*, Igor Carreño, no era partidario de usar el cinturón negro viejo y raído, casi desteñido que la costumbre imponía a los profesores del antiguo arte marcial oriental, al contrario el suyo era nuevo recién comprado, también lucía el nombre de *TAE KWONDO* muy grande, bordado en negro, en torno a un círculo que conformaba La Bandera de Korea del Sur y en un círculo las letras de la *Kukkiwon* de Korea del Sur o la Organización Mundial del Deporte en mención, esos distintivos destacaban en abigarrados colores sobre el uniforme que tenía un cuello ancho totalmente negro, igualmente en el hombro derecho ondeaba la bandera de Venezuela.

El *Sabonín*, nombre del profesor en coreano, equivalente a *Sensei en Karate Japonés*, se paró en frente de una perfecta formación de diez jóvenes, cabezas de columnas con otros diez en fondo, con voz impresionante, ordenó —¡*Sharió*! —algo así como pararse firmes en el ejército, con el cuerpo rígido, talones unidos, puños cerrados a los laterales de las piernas. En ese momento se volteó, se inclinó marcialmente hacia el otro cinturón negro que había llegado frente a él, saludándolo de esa manera —¡jóvenes! —gritó Igor Carreño— ¡saludos! al *Sabonín* Wladimir Romero, de inmediato se escuchó al unísono con gran estruendo cien voces de la impresionante formación marcial de los alumnos *Taekwondoistas* — ¡*Añón Simica Sabonin*! —el líder aludido Wladimir Romero, respondió —*Añon Simica* —luego ordenó— *Shub Shun Sogui.* Significaba tomar posición para ejecutar movimientos, colocando las piernas abiertas a la altura de los hombros, así continuó con los cien alumnos: ahora *Girugui, ¡comenzar!, Jana, Dool, Set, Net, Dasol; Gilgot, Yodol...* significa, uno, dos, tres, etc., en koreano, la sesión al mando del *Sabonin* visitante, se fue en una hora entre entrenamientos, práctica de técnicas y combates, el *Sabonin* Romero, tuvo la oportunidad de entrenar y combatir con los alumnos más avanzados.

Así, se despidió del Profesor Igor Carreño y de los alumnos, después de dejar a todo el mundo impresionado con su calidad humana y deportiva. Realmente para él fue importante haber recuperado el espíritu deportivo, mientras caminaba hacia su casa a quince cuadras del gimnasio, llevando un morral, luciendo aún su pantalón blanco, zapatillas negras y una franela negra que apenas le cubría la espalda y el pecho, pero que dejaba al descubierto sus poderosos hombros morenos y bíceps abultadísimos por la práctica de flexiones de pecho diarias, iba rememorando que desde los diez años de edad, entró a practicar en ese deporte oriental tan hermoso que siempre lo consideró parte de su vida, obteniendo numerosas medallas y trofeos que tenían su altar deportivo en su casa materna, con muchas fotografías donde salía uniformado, al efecto en su habitación; también había muchos afiches alusivos al *Taekwondo*. A partir de ese momento Wladimir, iba religiosamente a las prácticas diarias, por lo tanto, se vio extraordinariamente imbuido de la filosofía oriental transformada en paz y sosiego para su atormentado espíritu, así que lentamente se fue deslastrando de los traumas del incendio, pareció luego lograr evitar la manifestación de la doble personalidad que lo acogotaba y perseguía, por supuesto le daba más autoestima para investigar su regresión.

Víctor Montero, pasó recogiendo a Wladimir por su casa ubicada en la Calle San Juan de Dios, tocó la puerta, eran las nueve de la mañana de un día lunes del mes de febrero de 1983, el hombre vestía un *blue jeans* y aún andaba con el torso desnudo —Pase adelante profesor —le indicaba luego de abrir la puerta de la antigua casa colonial que tenía alquilada, le estrechó la mano con fuerza —Siéntese profesor, ya le traigo un cafecito caliente, —fue a la cocina y regresó con Montero— vengo a buscarte para que comiences a trabajar hoy conmigo en mi casa, allí hay una oficina; podremos trabajar y así clasificar mis investigaciones históricas, manejar mis escritos que van a ser publicados pronto, puedes ayudarme a administrar algunos negocios que tengo en la Guaira, me sentiría muy contento, fíjate mi esposa tiene tres años de fallecida, era mi mano derecha, nunca tuvimos hijos, ¿qué vamos a hacer?, así es la vida, pero vamos al grano —acotó el hombre mayor— tú eres muy joven, no eres de la Guaira, pero en tus conversaciones he notado que tienes una gran formación intelectual, a pesar de tus treinta años de edad, ¿Cómo hiciste para graduarte en dos carreras tan difíciles?. —Bueno profesor, verdaderamente tengo 28 años de edad, soy bachiller en ciencias, mi padre ha sido ganadero durante toda su vida. Él quería que yo, su único hijo, fuera Ingeniero Agrónomo, cuando conseguí cupo en la Universidad de Maracay, una extensión de la UCV en Agronomía, me conseguí una amiga del pueblo que estudiaba Ingeniería Eléctrica en Caracas, me animó a estudiar lo mismo, entonces hice lo posible por estudiar esa carrera, pero nadie me dio el cupo, por el contrario despechado ya que tenía que estudiar algo; a todas estas mi padre desconocía lo que yo hacía, o sea que creía que yo estudiaba Agronomía; así que presenté pruebas y conseguí cupo en Antropología, a los 17 años y a los 22 me gradué *Summa Cum Lauden*, pero en vista de que no conseguí trabajo, ya se me hizo más fácil estudiar Ingeniería Eléctrica que había sido mi sueño, de una u otra forma porque de verdad me gustaba, gracias a Dios en esa época mi memoria era extraordinaria y a los 27 años volvía a graduarme *Summa Cun Laude,* le digo, no es que mi coeficiente intelectual era más alto del promedio, pero estudiar para mí fue facilito, le cuento algo en secreto, a pesar que mis padres tenían mucho real, nunca compré un libro, puro apuntes; sin embargo la Universidad Central de Venezuela, tiene unas Bibliotecas extraordinarias, las que me suministraban mis libros fundamentales. —En ese momento hizo acto de presencia el mejor amigo del sobreviviente de Tacoa, en una flamante patrulla de la PTJ, haciendo sonar su nueva sirena, esto interrumpió la conversación, de ambos amigos que salieron a recibir al afro descendiente Sub Inspector.

Luego prosiguió el Cronista —Fantástico Wladimir, fíjate quería tratar un poco tu problema con la regresión, como te decía, Tarma, es un pueblo muy antiguo, tal vez de la Colonia, pero también hablamos de la fundación por parte de los Indígenas de la región. Entre Tarama y Tarma, Tarma es el nombre original, hoy en día está a cinco kilómetros de Carayaca, desde

1672 a 1785, fue parroquia de Tarma, luego pasó a ser municipio; después otra vez parroquia, justamente es el pueblo donde vive Héctor Freites, ¡qué cosas no! está a setecientos metros sobre el nivel del mar, es un pueblo lindo con preciosas tradiciones, con un clima especialmente entre caluroso y fresco por las brisas marinas, sus gentes son agradabilísimas, muy gentiles, cariñosas, provoca hacer turismo por allá—. Montero, estaba emocionado narrando a los muchachos, de tal manera, que contó la historia de un Cacique, llamado Tarama, a quien le atribuyó la fundación del pueblo, la ascendencia de este, probablemente es arahuaca, en ciertas épocas fue invadida por Caribes, con una fusión étnica y cultural como consecuencia, originando a su vez que en la región se hablaran varias lenguas. Ahora te reafirmo que creemos que tu encarnación será un cacique posterior que se enfrentó al invasor español y lo desalojó por un tiempo; sin embargo, los ejércitos indígenas Tarmas, ocupaban la región costera, Valles de Caracas y Valles del Tuy, lo llamaron la Gran Nación Tarma o Tarama.

—Hay muchos autores a quienes yo consulté, incluso al Arqueólogo Luis R. Orama, leo mucho al hermano Nectario María Casto, Fulgencio López, Américo Briceño, Elías Pérez, Daniel Benítez y otros, fíjate esos guerreros eran invencibles y terribles en el combate, así como tu regresión, cuando Francisco Fajardo, inicia la conquista de estas tierras, todos los caciques Tarma, se unen y se enfrentan a los españoles invasores y los desalojan, luego contratacan los españoles, matan al cacique Catia y Guaicaipuro, entonces Prepocunate y Parmanacay, danzaron rindiendo plegarias a los Dioses ¿Qué hacer?. De allí con la guía espiritual decidieron luchar contra los españoles, estos a su vez mandan a Julián de Mendoza, cuya jurisdicción era desde Barlovento hasta Mamo, tierra y dominio de Parmanacay, pero lo matan los naturales, luego en el contrataque con Cristóbal Cabos, Sancho del Vilar y otros son derrotados, posteriormente en otras batallas dominan a los Tarma. En 1541, los someten a la encomienda Tarma y a otras en Mamo, Carayaca, Maiquetía, Cagua y Caraballeda; vuelvo a reafirmar tu rencarnación, fue en el cacique Prepocunate, por el factor de comparación histórica entre tu testimonio y los antecedentes históricos. Ahora, finalizando les cuento que esta hermosa Región Litoralense, conocida como la ciudad de La Guaira, fue fundada por Diego de Osorio en 1589, el nombre de la Guaira, se la dieron los

Indios Tarma, que es una voz caribe derivada del quechua. Así terminó su exposición ante el ingeniero y el detective Goncalves quienes acompañaba al investigador Freites y maravillados lo escucharon hasta el final.

Wladimir, pasó evidentemente por vivencias intensas de profundo impacto psicológico, por eso descargar el espíritu mediante nuevas actividades al lado del profesor Montero, es lo mejor que le pudiera pasar y así parece que lo aceptó él, luego de las reuniones entre ellos; sin embargo los ágiles pensamientos de Wladimir, casi hacían estallar su estado de vigilia, este hombre aún muy joven a pesar de sus atropelladas pasiones, sentía el torbellino de los deseos incontenibles de triunfar e imaginó que tendría tiempo de producir algunas obras escritas con los años sobre la historia y razones antropológicas y sociológicas del Guaireño de a pie.

Sus ojos vivaces y descansados de una jornada nocturna, traslucían junto a una gran sonrisa que atravesaba su cara, evidentemente la actividad literaria compartida con Héctor Freites y la actividad deportiva, habían surtido efecto en el hombre, lucía calmado, aparentemente dispuesto a luchar con el historiador Montero, luego se entregó por completo a las labores investigativas con él, pero con la duda clavada en su corazón, como fue su propia experiencia vertida en una regresión. También se agregaban los otros factores, como "¿Quién es su doble personalidad, que se está presentando después de que explotara la planta?, ¿Sería un trauma post catástrofe?", esas interrogantes lo desesperaron un poco, pensó para sí. Tendré que buscar ayuda profesional, una tarde cuando venía de la práctica del *Tae Kwondo*, se repitió hasta el cansancio "Si lo voy a hacer, asistiré al psicólogo", en el fondo quería desahogarse así mismo.

En el sector la Atlántida de Catia la Mar, en la Quinta Emmy, se encontraba una Placa de Bronce, la cual decía lo siguiente: "Servicios Psicológicos, Psicólogo Pedro Istúriz". Allí se encontraba Wladimir, esperando un turno de dos personas por delante, a las tres de la tarde, sentado en una comodísima silla, con aire acondicionado y con un vaso de jugo de naranja en su mano derecha, Istúriz, por su parte era un psicólogo graduado en la UCV, con postgrado en Francia de Psicoanalista, de raza negra con un tamaño impresionante; sin embargo, su hablar pausado inducía a la calma.

—A ver, Wladimir, ¿Qué te pasa? —Comenzó el Psicólogo. —Es un cuento largo… —replicó el paciente. —Bueno como prefieras, te sientas en el diván con la tranquilidad de un disco de Beethoven ¿o prefieres a Richard Cleyderman?

La cara morena de Wladimir, casi de piedra, pero dulce a la vez se transformó en un gesto de violencia, —¡No joda Chico! vamos al grano, vengo a decirte que este cuerpo es el responsable de la muerte de cientos de personas, yo lo ayude, ja, ja, ja —las carcajadas poderosas retumbaron, parecían venir de ultratumba, el consultorio de por sí era acolchado a prueba de ruidos, poseía una acústica formidable, magnificando entonces el estruendo, casi demoníaco, acompañado de unas extrañas convulsiones que parecían ser más bien un hombre poseído por un espíritu maligno. Istúriz, un negro poseedor de un rostro duro, imperturbable y escrutador, pero no sorprendido, de hecho, se sentó al lado del diván y empujó suavemente el cuerpo que trataba de incorporarse.

Escuchó con calma los improperios y palabras soeces del intruso, no dijo nada, solo lo escuchó, hasta que el hombre grosero le advirtió —¡No vine a perder tiempo Dr. diga algo! —¡ah! claro, claro, solo estaba esperando que terminaras tu exposición —replicó Istúriz, —¡Que carajos! tú escuchaste bien claro lo que yo quiero, solo que debes hacerlo tú no yo, porque yo estoy atrapado en este cuerpo de mierda. —y se calló.

Hubo un silencio espectral, más bien misterioso, el propio especialista sacó un pañuelo y secó el sudor de su frente, lucía preocupado, había regresado a su silla clínica muy cómoda, pero maniobrable, con elevación hidráulica y giratoria, comenzó a observar sin hablar, de repente sucedió una especie de transformación gesticular en el rostro de Wladimir, bajo ese cambio momentáneo acotó. —Bueno Doctor, prefiero la Quinta Sinfonía de Beethoven. —Okey…

—Maravilloso, por aquí la tengo. —Como si nada hubiera pasado. Istúriz, de por si mañoso en su conducta e impecable al vestir, con su larga bata blanca de seda y el bordado que decía Psicólogo Istúriz, colocó el disco de Beethoven, en el equipo de sonido con pista para acetato, bajo la aguja y en seguida; parara, papa, parara, papa... comenzó a sonar.

El hombre volvía a ser el mismo y ahora narró al psicoanalista, con lujo de detalles sobre sus miedos, la impotencia de ser rebasado por otro yo y las extrañas regresiones.

—¿Y qué quieres tu Wladimir? ¿Qué quieres de mí?, ¡que sea mi justiciero!, mi Don Quijote espiritual, porque yo ya no puedo —y sonrió.

Escrutador, el analista realmente atisbaba, era a Wladimir, no a su doble, por eso entró preguntando:

—¿Fuiste actor de teatro?

—Sí, sí, Doctor, en todo bachillerato fui del equipo de teatro y representamos muchas obras, entre ellas de algunos pueblos nativos: Pemones y Yupkas, otra gran cantidad que no recuerdo en este momento. —Observó el Ingeniero Antropólogo.

Istúriz, lo consideraba muy ingenuo para estar actuando y continúo —¿Has tenido tratamiento psiquiátrico alguna vez?

—¡No, maricón, te estas yendo por la tangente —emergió el otro yo! —¡Ajá, ya no eres cobarde, no te escondes!

—Sí, ¿y qué?, me escondo cuando me sale del forro de los cojones, ¿Me vas a hacer algo? ¿Me vas a inyectar o me vas a destruir con tus mañas?

—¡No! ¡no! solo quiero hablar contigo, no te asustes. —Pero ya Wladimir, despertaba como regresando de un pequeño sueño, o tal vez de su letargo inconveniente.

—¿Qué te pasó?

—Nada Doctor sentí que me dormí hablando con usted, por favor discúlpeme.

—¡Claro, claro! —contestó— que no te perturbe. —Le acotó con su retórica reticente.

—Y bien ¿Estuviste alguna vez en tratamiento psiquiátrico?

—¡No! ¡no! Doctor, nunca, ni siquiera una angustia.

—Okey, okey ¿En tu familia alguien sufrió de alguna enfermedad mental?

—¡No Doctor! —Y así continuó Istúriz, alimentando la historia clínica, pero internalizando la situación que se presentó con el paciente, contrastándola con los profundos conocimientos científicos que poseía a sus 50 años de edad.

—¿Te ocurre muy frecuentemente esta situación de doble personalidad?, ¿Hasta dónde ha llegado?

—¡Bueno Doctor, realmente este problema afloró desde el día del incendio, hace tres meses, a veces recuerdo algunos episodios y otros no, lo que sé es que otra persona está dentro de mí odiándome, recuerdo haberlo presentado como seis veces, ahora yo he permanecido impotente o como encerrado, cuando esta personalidad aparece, estoy ahí, pero el habla, gesticula y maldice, yo no puedo dominarlo no puedo hacer nada, ¿Qué le parece? Fue en el incendio, allí comenzó precisamente, yo me asombré y pensé que eran vainas mías por la preocupación, pero ahora es que me doy cuenta del peo que tengo encima.

—Bueno, bueno, tranquilo, tranquilo, veré que puedo hacer; por el momento puedes estar seguro que voy a estudiar profundamente tu caso, hasta solucionarlo. ¿Has intentado agredirte o agredir a alguien más?

—¡No doctor!, solo aparece cuando estamos solos.

Una oleada de calor urticante, se apoderó de Wladimir, sorprendiéndolo, pues al recordar someramente el letargo que tuvo delante del Doctor, intuyó de inmediato que pudo irrumpir su doble delante de Istúriz, sin que él lo supiera.

—Bueno, fíjese que cuando él no quiere que yo sepa me lo borra de la memoria. —Ahora no sé y de verdad Wladimir, se puso en máxima alerta. —No podía dejar que Istúriz, lo agarrara de sorpresa, pero tampoco podía hacer nada, todas estas cosas lo hacían sentir como que estaba arrastrando unas grandes piedras, era una sensación extraña, tal vez pesada y tormentosa.

—Tranquilo. —Era una orden pronunciada, con suavidad de hipnotista, como un susurro, con voz firme, pero adelante, voz de Psicólogo al fin, que de alguna manera hizo sentir a Wladimir, verdaderamente tranquilo, aunado a esto se encontraban las palmaditas de Istúriz en la espalda del paciente en señal de confianza.

Istúriz, anotó e interrogó, luego sobre las regresiones que había mencionado al paciente:

—¿Y cómo fueron esas regresiones? en realidad, fue una sola, pero ahora le confieso que fue tan real que yo sentí ser el líder de esa población de nativos, sentí el combate en carne propia. —y así le contó con lujo de detalles lo ocurrido.

El Psicoanalista, invitó a Wladimir, a otras visitas como paciente, para terminar de estudiar su caso y le explicó —Regresa mañana, lo primero que debes hacer es entender que el hombre es un ser superior que se expresa en términos universales, por lo tanto es un conjunto, físico, psíquico y espiritual, así que las manifestaciones primigenias están atrapadas en el inconsciente, de alguna manera lograron franquear las barreras del subconsciente y el consciente, ahora reflexionando eso no es enajenación mental, ese no es el caso tuyo; entonces diría que no te preocuparas, porque este atípico caso se ve fácil de curar con una buena terapia. —Continuó— en estas épocas de modernismo y tecnología de muy alto performance, estamos expuestos a un bombardeo de peligros y una vez que afloran de todas formas, a veces con accidentes como los de la planta, o a veces de manera latente que van horadando tu salud lentamente, como por ejemplo; estás expuesto permanentemente a sustancias peligrosas entre otras y miles de amenazas, pero hay algo que bombardea más como las películas, los medios de comunicación, se puede decir que estos condicionan conciencias colectivas y transmiten violencia, malas costumbres, validan modismos, alienan más que todo a la juventud o a cualquiera; y otros factores son la pérdida de valores, la transculturización, la presión de los grupos. Todas estas cosas muy banales pueden actuar sobre la psiquis y crear fenómenos, pero a los pacientes se les indaga también desde el vientre de la madre hasta hoy, para ver que trauma arrastran, yo acostumbro a utilizar varios métodos: el psicoanálisis y la regresión por la vía del relax y la evocación, pero podría ser por la vía de la hipnosis que es otra posibilidad. Así que ante tantas cosas mi querido amigo y paciente, voy a necesitar repito, que sigas asistiendo conmigo un buen tiempo, hasta que hayamos dominado tus perturbaciones interiores, que no es nada que te dañe, solo recuperaremos el control. Sin embargo, sugiero que comiences a investigar que nativos fueron, ubicación geográfica y época, podrías tratar de hurgar tus lecturas pasadas porque quiero diferenciar si fue un sueño que tuviste en los momentos que perdiste la conciencia, o fue una regresión a otras vidas pasadas y sobre eso lo trabajaremos más adelante. —El hombre de blanco, calló y observó al paciente, se alisó la bata, percibiendo la fresca temperatura del aire acondicionado, luego se sentó en su sillón detrás del moderno escritorio y ojeo las últimas notas de la entrevista. —No te indico el uso de tranquilizantes porque te recomiendo mejor drenar ciertas cosas practicando algún deporte OK. —Sí Doctor, realmente duermo bien, tal vez uno que otro sustico, pero con su orientación me siendo menos preocupado que antes.

Los dos hombres, se despidieron como si se conocieran de mucho años, haciendo honor a la verdad, fue que se cayeron muy bien; pero sin embargo era la técnica de Istúriz, para poder penetrar totalmente en las interioridades de los pacientes, Wladimir, salió de la quinta hacia la avenida Páez de Catia La Mar, buscando un vehículo que le hiciera un servicio de taxi hasta el Sector de la Guaira, de inmediato sintió la oleada de calor que abrazaba a los peatones y comentó para sí: todo calor es mejor que el fuego de la planta, eso le hizo ignorar la fuerte temperatura litoralense.

Istúriz, por su parte, fue más escéptico que lo que pareció delante de Romero, llamó a una colega e intercambiaron criterios del caso, ella le recomendó que investigara casos de posesiones, pues no se podía descartar una posesión y un posible exorcismo a la católica. —Okey, Okey. —Asintió Istúriz, explicando la transformación física que sufría el paciente cuando estaba en acción expuesto al doble.

Por eso acotó la mujer psiquiatra del otro lado del hilo telefónico, —Tienes que estudiarlo mejor, nosotros no deberíamos darle cabida a eso, pero tampoco descartarlo, así que la próxima vez me llamas y le tomaremos varias lecturas de su cuerpo, temperatura, presión, etc., me voy a llevar el equipo del polígrafo, si el paciente acepta más adelante podemos usar pentotal sódico. Te ayudaré a desenmascararlo. —Así se despidieron y el negro se sintió también más aliviado. ¡Quién iba a creer que se presentara un caso como este!

—Que interesante.

Y sonriendo, ordenó a la enfermera.

—Que pase el próximo paciente.

Sede de la policía: Son las seis de la mañana, aún la brisa marina sopla fuerte y fría sobre la Delegación del Cuerpo Técnico de Policía Judicial de La Guaira, ubicada entrando a la ciudad Costanera por la Avenida Soublette, muy cerca de las hermosas y blancas playas del Mar Caribe, los Detectives de guardia cumplen su turno a las ocho de la mañana, ese miércoles se apresuraban a encaratular los expedientes abiertos, en esas veinticuatro horas de guardia para entregar al Jefe de Investigaciones todas las acciones investigativas correspondientes al día anterior. Ciertamente el Cuerpo Investigativo, creado en el 1958, hizo su primera aparición en Venezuela con tres Sedes: Una en La Guaira, la de Chacao en Caracas y otra en la ciudad mirandina de Los Teques en forma simultánea. Los pesquisas que allí laboraban lo sabían y se sentían orgullosos de pertenecer a una sede pionera. Era una edificación amplia, de construcción moderna, pero de un solo nivel, tenía las áreas de investigaciones de técnica policial, una sala de operaciones, la sala de sumario o de escribientes, las oficinas del Jefe de la Comisaría y el Jefe de Investigaciones; así como áreas administrativas. Igualmente, en la edificación al lado izquierdo había sido instalada la Morgue Forense de La Guaira.

Solemnemente los funcionarios salientes de la guardia, izaron la Bandera Nacional como a las seis y un minuto al compás de Himno Nacional. Seguidamente entonaron el Himno del Cuerpo Técnico de Policía Judicial, con un equipo de sonido y una pista de fondo.

¡Qué mística realmente!

Cada uno de estos jóvenes pasó por la Escuela Nacional de Detectives, en medio de un entrenamiento duro. En un año rompiendo los records de su vida, el clásico trote de las cinco de la mañana después del toque de diana y luego la rígida rutina.

1982.- Escuela Nacional de Detectives.- La formación tipo militar hacía carrera estacionaria, antes de desplazarse para calentar el cuerpo del frío que a las 05:30 hrs. de la mañana era intenso y soplaba sobre los rostros juveniles de los aspirantes para Detectives; cinco minutos y comenzamos, sonaba la voz potente y austera del líder, un Inspector encargado del área de educación física y disciplina de los 250 prospectos de detectives —¡De frente mar! —el grupo compacto en formación de campaña militar avanzó al paso de trote por la carretera vieja de las Minas de Baruta. En fuerte descenso hacia la autopista de Prados del Este, todos bajaban contentos entonando cánticos institucionales al ritmo del trote lento, en cada curva se observaban gigantescas urbanizaciones por el declive del terreno, con una geomorfología atenuada y espléndida. Hemos llegado a la autopista, agregó el Inspector Cordero. —Ahora media vuelta mar. —entre el intenso frío y el calor general por el trote los jóvenes cadetes, comenzaron el ascenso por la montaña, jadeantes al primer kilómetro, aunque aún exhibían su vitalidad juvenil producto del regio entrenamiento marcial de la Escuela Nacional de Detectives del C.T.P.J., el Inspector Cordero, maratonista de profesión, vio por entre el hombro como la unidad compacta se iba disgregando a medida que ascendían, entonces lanzó una orden con toda la potencia de su voz —El último que llegue se queda arrestado el fin de semana, al trote a máxima velocidad, muévanse nuevos —Allí arengó sobre la marcha al grupo como si fuera una soldadesca, "por cierto que los últimos veinte agotados, que ya no podían con sus cuerpos y almas, mentalmente le enviaron un caluroso saludo a la progenitora del Inspector" el ascenso se hacía cada vez más penoso, la carretera iba serpenteando y los reclutas se sentían más pesados, más jadeantes, más agotados, —¡Vamos! ¡Vamos! —ordenó Cordero, con voz poderosa y autoritaria, al fin llegaron a la Sede de la Escuela. Cordero, les contó 50 para que se bañaran y cambiaran porque tenían clase de operaciones policiales. En traje de campaña, desayunaron formando secciones, cantando el Himno del Cuerpo y cada grupo que entraba al comedor rezaba un Padre Nuestro, se hacia la Señal de la Cruz, luego como una exhalación partían con rumbo hacia la práctica de operaciones policiales. El Instructor, era un curtido Comisario de la Policía Metropolitana, quien siempre se ufanaba de seis heridas por arma de fuego que recibió en su cuerpo como gajes del oficio. Hoy ramparemos por más de un kilómetro para llegar a la casa donde se encuentran los rehenes y procederemos a rescatarlos, se trataba de un rancho gigantesco donde otros alumnos mantenían 20 rehenes en espera del ejercicio especial que se llevaría con pistola y balas de fogueo, claro habían sido advertidos que esa munición era peligrosa a menos de un metro de distancia.

El Comisario Santana, ordenó con despotismo —¡A tierra todo el mundo! —y al paso de la gallina, caminaron como 300 metros, los otros setecientos los hicieron por la grama rampando con la hipotética razón de no ser vistos por el enemigo. Los alumnos sudaban y algunos acusaban fuertes dolores en las piernas y caderas, eran las 10:30 hrs., el sol inclemente arreciaba más y más, haciendo insoportable el lugar. Durante el día solamente tuvieron a continuación la clase de educación física, a las 03:00 p.m. la de defensa personal, cátedra que siempre arrojaba algunas lesiones, los demás días de esa semana, el período de un año de curso les exigía 32 materias por trimestre, ciertamente de 500 que ingresaban solo se graduaban 200 muchachos, los demás no aguantaban.

El Instructor de defensa personal, otro Inspector de PTJ., con gran experiencia en la materia por ser cinturón negro en *Tae kwondo* y practicante de Judo, organizó un trote en la carretera vieja de las Minas de Baruta, hasta la mitad de la carretera, con la intención de calentar el cuerpo de los aspirantes a Detectives y Agentes, cuanto regresaron ese día les correspondía la técnica de proyecciones sobre la colchoneta y finalizaba haciendo un túnel compuesto por dos hileras de alumnos, que eran atacadas por el Instructor, una hilera a la derecha y otra a la izquierda, el *Sabonín,* comenzaba a golpear de lado a lado, a lo que ellos tenían que esquivar y responder, entonces se divertían viendo caer a algunos y pateando al Instructor si podían, pero luego al finalizar aplaudían al Instructor por su coraje, este se reía con la malicia por dentro, —¡Ajá! ahora cada uno de ustedes va a hacer lo mismo —Entonces era cuando venía el susto, claro no era lo mismo, pero si no lo hacían tenían puntos menos; así que a pasar el túnel, todos al fin terminaban con una guachafita que si los agarraban a golpes unos malandros en grupo a un solo detective, ellos podían poner en funcionamiento la práctica de ese y otros días, ¡valla! ¡valla! ¡qué día! los muchachos al toque de silencio en el dormitorio general a las nueve de la noche, caían como piedra en pozo, muertos de cansancio, esa era el promedio de la rutina diaria sin meter el orden cerrado militar que tenían que practicar, las paradas policiales (conocidas como paradas militares) en los actos que duraban horas y horas, las prácticas de tiro de combate, largas y extenuantes, el curso de sobrevivencia al final del año de preparación, posterior graduación, o sea que al recibir el diploma y la chapa de Detectives o Agentes, les daban quince días de permiso para que descansaran el máximo esfuerzo intelectual y físico hecho.

Las Academias de la Policía Científica, siempre fueron ubicadas en zonas montañosas o lugares muy altos de la ciudad de Caracas, pero un Núcleo que más tarde se convertiría en Instituto Universitario de Policía Científica, fue creado al pie de varias montañas, casi oculto al lado del Cuerpo de Bomberos de Filas de Mariche, había que llegar por la carretera de las Filas y luego comenzar a bajar por una amplia calle asfaltada, a través de la frondosa vegetación, grandes árboles y una temperatura fresca privilegiada, luego de recorrer varias cuadras que contenían parques industriales, el Cuerpo de Bomberos de la zona, un hotel y finalmente el edificio del Instituto Universitario de Policía Científica, Núcleo Mariche. En la puerta, en turnos de doce horas de guardia diurna se encontraban diez cadetes de guardia, en un lugar especial llamado la oficialía, a ambos lados los estandartes del Cuerpo Técnico de Policía Judicial, de la Academia de Detectives y de parada permanente dos alumnos acicalados extraordinariamente con el uniforme de gala, consistía en un pantalón de caqui con una raya negra vertical a los lados de las piernas y una guerrera con grandes bolsillos cerrados con botones dorados repujados con las insignias de la Academia, al igual que la hilera de botones que cerraban dicha prenda marcial hasta el cuello y en sus manos guantes blancos sosteniendo en posición de a discreción o de descanso un fusil FN 30 de la fábrica Belga de Herstal con una bayoneta encastrada, bruñida y relumbrosa para que luciera como la férrea disciplina implantada en las generaciones de funcionarios policiales e investigadores criminales al estilo de las Academias Militares existentes. La actividad académica interna, con el tiempo diferenció las carreras de criminalistas puros y la de detectives en investigación de campo, como investigadores especialistas en gerencia de ciencias de la investigación criminal, continuaba la licenciatura con un título universitario de técnico superior. Diariamente, se encuadraban en formación militar, para sacar la lista y dar parte al Inspector, que le correspondía la guardia, a las cinco de la mañana el recorrido por las montañas al trote, luego regresaban para formar, bañarse y asistir al desayuno donde una sección del plantel estaba siempre de manera rotativa de guardia para servir el desayuno de las secciones que se iban despachando en formación y marchando desde el lugar de concentración para colaborar en la limpieza y enjuagado de los menajes, para ser entregado a casi diez cocineros del Instituto, que albergaba unos quinientos cadetes. Por lo demás lleno de nostalgia, hago remembranza de la inmensa actividad extra académica, tenían un grupo de teatro, un grupo de estudios de filosofía, danzas, equipos de voleibol, basquetbol, pelota, equipo de *karate y taekwondo*. Al fin que estamos frente a un grupo de hombres y mujeres que irán a acompañar a Wladimir Romero, en su trayectoria de vida, buscando su identidad y su tranquilidad espiritual.

Veinte días después de la explosión, un grupo conformado por pesquisas provenientes de la ciudad capital, se reúnen en la Sede del Cuerpo Técnico de Policía Judicial de La Guaira, allí se efectúo una reunión general, sobre el caso Tacoa, con la participación de Sub Inspector Héctor Freites y su grupo de investigaciones, quien informó al Comisario Jefe de la Guaira, quien presidía la reunión, manifestando —Comisario, con todo el respeto, pero yo no puedo participar con mi gente en la investigación, porque en la actualidad tenemos otro caso importantísimo, como es el de las jovencitas negras que están secuestrando, por cierto, van cinco y sólo hemos recuperado una, nos tiene preocupados porque comenzaron con una semanal y ahora son dos, todavía no sabemos que es lo que pasa o de donde emanan estos delitos.

El comisario le dio la razón a Freites y le ordenó ponerle mucho empeño al caso debido que era de gran trascendencia social y un peligro latente para la Comunidad Guaireña.

El supervisor, salió con su gente de la reunión, ocho detectives en total. —Muchachos vamos para la sala de sumario. —Y luego de estar allí le exigieron a la Jefa de Sumario, Rosa Montes, que les entregara los seis expedientes de las jóvenes secuestradas. Después se dirigieron los nueve al cubículo de la Brigada "A" del buró investigativo donde comenzó una segunda reunión presidida por el Sub Inspector.

Lograron de sentarse todos como pudieron en el cubículo perteneciente a la Brigada "A", a falta de nueve sillas, tres detectives se sentaron encima de los escritorios metálicos, Freites, un auténtico líder ante sus hombres tomó la palabra —Jóvenes, el reto es grande, tenemos que mover cielo y tierra, las muchachas deben aparecer como sea.

—Pido la palabra Inspector, el hombre poseía un metro noventa y cinco de estatura —su voz sumamente grave retumbó en el cubículo. El Inspector Freites, tenía ante sí a un Detective clásico, camisa blanca con corbata de rayas negras y amarillas, pantalón de gabardina, un modelo italiano de zapatos marrones, revolver *Diamonback Colt*, calibre 38, con un cañón de seis pulgadas y media, enfundado en una sobaquera que era la preferida de algunos pesquisas, pues de una manera práctica tenían a la mano el arma de fuego a la hora de una emergencia, ya que la sobaquera se colocaba por encima de la cintura en el costillar izquierdo o derecho, según el hombre fuera zurdo o diestro.

—Sé que es un caso delicado —continuó el Detective José Goncálvez, que mantenía la corbata floja a nivel del primer botón de la camisa blanca de seda, con un pañuelo blanco se secaba el sudor de la frente producto del calor costanero— por supuesto sus secuestros están vinculados y supongo que deben obedecer a una sola matriz de delincuencia organizada— remató Goncálvez.

—Sí, es verdad, hablaba Freites, —que no se andaba con rodeos— tenemos que llegar hasta los que organizaron esto. Ahora la pregunta es ¿Para que las secuestran?, ninguna de ellas guarda relación entre sí, ni siquiera trabajan ni estudian juntas, por qué si fueran familia podría decirse que se trataba de una venganza, pero no es así. Ahora hay que lamentar el fallecimiento de los tres sujetos que llevaban secuestrada a la joven ese día en Catia La Mar, pues vivos nos hubieran servido de mucho, por cierto,

Detective Zambrano, ¿Cómo va esa necrodactilia de los interfectos?— ¡Ah bueno Inspector! —contestó Jorge Zambrano a su superior— están listas las identificaciones de los tres sujetos, todos son de la Parroquia Caraballeda aquí en La Guaira, también tenemos las direcciones recientes de ellos. Freites, se emocionó, —bueno después de muertos están hablando, solicita de inmediato al tribunal tres órdenes de allanamiento, para localizar evidencias de interés criminalístico Zambrano gracias a nuestro Código de Enjuiciamiento Criminal.

—No, no Inspector, es una sola orden pues los tres eran hermanos y vivían en la misma casa. —¿Carajo, pero había un enano, ese no es hermano de los otros que yo vi, o sí? —hablo Freites— pasándose la mano por la frente en un gesto de asombro.

El Detective Jorge Zambrano, era uno de los más serios y circunspectos del grupo, de piel extremadamente blanca, a cada esfuerzo se ponía rojo, su cabello rubio impedía que se confundieran con los albinos, según los compañeros eran cinco las morenitas que diariamente visitaban a Zambrano en el despacho a pesar de lo montuno que era.

A medida que pasaban los minutos de reunión, los anaqueles de expedientes, los archivadores metálicos y los casilleros iban cocinando la alta temperatura que no escapaba por las tejas y el barro de techo colonial de la Sede del CTPJ, pero que los Detectives acusaban secretando sudor a cántaros por las camisas manga larga y los cuellos cerrados por las corbatas, Juan Castillo, el más negrito de los Detectives acotó —cónchale Inspector, vamos a tener que martillar un aire acondicionado para este cubículo. —Hay, hay mijo, —se quejaba Freites— el Comisario, me encargó que consiguiera con alguien un equipo, aunque fuera viejo ja, ja, ja. —¿Qué te parece?— y todos los Detectives de la Brigada "A" rieron a mandíbula batiente.

Freites —bueno acabó el minuto pedagógico así que la pregunta es ¿Por qué secuestran a las muchachas?

Antonio Pineda Melean, el Indio, como le decían sus compañeros, tenía el cabello bañado a los lados como una totuma, parecía guajiro, pero era Yukpa, qué más da, etnias y todo era venezolano, muy querido por sus compañeros por su solidaridad con todos, estudiaba Filosofía en la Universidad y su ideología era comunista totalmente, vaya que irónico, el no creía en el sistema imperante, pero a sus 20 años era un esmerado investigador criminal, decía que había que ayudar al pueblo contra las mentes criminales. Este contestó al Inspector Freites —Las secuestran seguro para prostituirlas o para realizar algún rito; claro es atípico el modus operandi, pero hoy en día se ven algunos asomos de tráfico de personas con fines increíbles. Freites, acotó —se le denomina trata de blancas que ahora son negras. —¡todos rieron!, pero continuó— no han pedido rescate por ellas y todas son de origen humilde; sin embargo todas tienen en común que son hermosas con cuerpos esbeltos, estoy de acuerdo contigo Pineda, puede ser para prostituirlas; ¿Pero dónde?, no tiene sentido tenerlas aquí en la Guaira o Caracas, se escaparían rápido si fuese así las sacarían hacia el exterior ¿Las Islas de las Antillas, tal vez? a veces no entiendo el mundo, en el exterior las mafias tienen sistemas de seguridad para retenerlas a la fuerza, les quitan el documento de identidad, pero bueno en fin, comiencen a entrevistarse con todos los informantes delincuentes, revisen bien todos esos expedientes y entervisten a todos los testigos nuevamente, reproduzcan sus fotos, saquen fotocopia e inunden la ciudad de ellas— así continuó girando instrucciones el Sub Inspector Freites, manejando con gran criterio y preocupación estos casos tan delicados y complejos que le podrían conllevar a una solución exitosa o a un fracaso estrepitoso.

CAPÍTULO VI

Estacionados en la zona de seguridad del banco, ubicado en la Avenida Soublette, en el Centro Comercial frente al Cuerpo de Bomberos, se encontraba un vehículo blindado de color gris parachoques de acero color negro, vidrios de un espesor de cinco centímetros y una carrocería muy sólida, sus puertas y demás áreas son estructuras con aleaciones metálicas que convertían el vehículo en poseedor de blindaje perfecto.

Dos hombres, de gran corpulencia descendían del transporte de valores, uno por la puerta del chofer y el otro por la del lado izquierdo del copiloto, ambas manos derechas acariciando las cachas de sus enormes revólveres, calibre 357, Colt Python, ocho pulgadas de cañón. Sus ojos acerados oteaban con furia el horizonte en sus alrededores, buscando al enemigo imaginario que pudiera osar atacarlos violentamente. Por la mente de ambos hombres, desfilaban los diferentes cursos de entrenamiento para protección de valores, que eran bastante duros, al rato los dos guardianes, que usaban sombrero de ala corta, informaron por radio a los otros dos hombres que iban en el interior del carro blindado, que todo estaba despejado y podían abrir la puerta para sacar el dinero y dejarlo en el lugar donde se depositaban los valores el dinero y documentos bancarios.

El tercer guardián, saltó con la escopeta al pecho con ambas manos, sintiendo el recio calor de la Ciudad de La Guaira, en contraste después de disfrutar del aire acondicionado del transporte de valores, un cuarto hombre bajó el alto peldaño del vehículo con dos bolsas muy grandes contentivas de dinero, sus brazos inflamados por el esfuerzo, demostraban tener unos músculos muy entrenados en el ejercicio de la fuerza, su paso lento, un metro, dos metros, tres metros, veinte metros y su cara blanca cuadrada con nariz de boxeador, le daban un aspecto de hombre recio y rudo, principalmente los músculos del rostro, mostraban máxima tensión de tal manera que dos gruesas, pero raudas gotas de sudor, aparecieron provenientes del sombrero propio del uniforme de guardián de valores, recorriendo el dibujo facial del hombre. Treinta metros, treinta y cinco pasos, la atención de los otros tres uniformados, en un minuto coincidió con el hombre transportador de las bolsas de dinero, pero en el último momento faltando quince metros para cruzar la puerta de la sede física del ente financiero, se sintió un impacto de bala cruzar por encima del chaleco antibalas del transportador del dinero, un proyectil de muy alto calibre y gran velocidad destrozó el músculo trapecio del fisicoculturista que laboraba para esa empresa de valores, pero extrañamente no se escuchó ningún disparo debido a que el francotirador lo hizo montado en el techo del Banco, utilizando un fusil 308, con mira telescópica y un silenciador adaptado. De inmediato el hombre, cayó al igual que las grandes bolsas contentivas del dinero, pero simultáneamente aparecieron cuatro hombres en sus motocicletas, como a veinte metros de distancia con sus respectivos parrilleros, los guardianes del dinero se replegaron detrás del poderoso camión, comenzando un intercambio de disparos con los motorizados y copilotos que poseían pistolas, fue el verdadero infierno al que se enfrentaron en esos momentos, pero el objetivo era neutralizarlos para llevarse el dinero, se observó como el líder del grupo uniformado, trató de recoger las bolsas de dinero y poner a buen resguardo al hombre herido, pero el francotirador que cambiaba de lugar permanentemente en el techo, se lo impidió, a plomo limpio, recibió en consecuencia un impacto de bala en la pierna, por el contrario ocho adolescentes desarmados, vestidos como indiecitos solo con guayucos, cara pintada, plumas de indio y un gran pañuelo blanco atado al cuello, ramparon por el suelo en medio del tiroteo, se apoderaron de las bolsas de dinero, pero ninguno de los guardianes se atrevió a dispararles o detenerlos, en tal caso, no pudieron por una u otra razón, estos se encontraban atrapados entre dos fuegos y los menores arrastrando las bolsas llegaron a una camioneta que se estacionó a treinta metros del Banco; el sol arreciaba a las once y cincuenta minutos de la mañana, en el aciago momento una cortina de proyectiles afectó las vidrieras del Banco e impactaron la latonería blindada del automotor de valores.

Una vez que el dinero fue asegurado en la camioneta, uno de los tripulantes abrió la puerta de atrás de la camioneta y entregó el mismo a un chichero que manejaba un recipiente gigantesco de chicha para venderlo en la calle, en fin que este hombre de apariencia inocente introdujo en el cilindro destinado a la chicha el dinero, así que en esos momentos algunos curiosos, testigos presénciales observaron y discretamente se alejaron desentendiéndose para no comprometerse, sin embargo la policía declaró a algunos posteriormente. Por su parte los guardianes acorralados por los disparos permanecían replegados y resguardados hasta los mismos heridos ya se habían arrastrado hasta donde estaban sus compañeros detrás del camión.

De inmediato, el conductor de la camioneta junto al acompañante se puso en marcha y picando cauchos se retiraron del lugar a gran velocidad, mientras tanto al lugar del suceso, hacían acto de presencia una comisión del Departamento de Inteligencia de la Policía uniformada, que por casualidad pasaban por allí. Estos funcionarios en número de ocho, portaban armas largas y lograron ver cuando la camioneta huía, el copiloto disparaba al aire, no obstante, informaron por radio las características del vehículo y la ruta que tomó. A los funcionarios de Inteligencia fueron informados por parte de los parroquianos, que el dinero lo metieron en la camioneta, por lo tanto, dos unidades vehiculares los persiguieron sin descanso a lo largo de la avenida Soublette, cuyas características eran las de una camioneta ranchera, de color beige, por los radios portátiles informaron —!Control necesitamos dos unidades motorizadas de apoyo que vengan en sentido contrario y nosotros que vamos hacia la compañía Guipuzcoana a fin de interceptar la camioneta y a sus tripulantes que presumiblemente transportan el dinero robado¡—

—¡Caribe uno a unidades cinco y seis! —ordene central, unidades motorizadas cinco y seis a la orden! —¡Enterado, realicen el procedimiento respectivo! —positivo central de hecho ya estamos en la casa Guipuzcoana, unidad 556, central adelante sin protocolo, —informó transmisiones vía libre— Okey, central ya ellos pasaron la Guipuzcoana, estamos a escasos 100 metros, entraron al casco poblado, de hecho, no los vemos, que los motorizados los rastreen apoyándonos. —¡Esa era la radiocomunicación policial de los funcionarios de inteligencia de la policía uniformada!

—¡Pedro, estaciona aquí con mucho cuidado, despacio para no despertar sospechas, okey! —¡Roberto, así lo haré! —eran los tripulantes de la camioneta quienes sudaban copiosamente por el susto, apenas se apearon introdujeron el FAL y la ametralladora en sendos estuches de instrumentos musicales, se cambiaron la camisa por franelas negras con las figuras del Che Guevara y la otra con la inscripción FBI. Los delincuentes se fueron caminando tranquilamente y las unidades policiales les pasaron por un lado, cuando detectaron la camioneta ya abandonada, notificaron a su comando por radio, igualmente se les ordenó preservar y proteger la camioneta hasta que llegara la PTJ.

En el lugar del robo al blindado, esa comisión de la policía uniformada estatal quienes no vestían uniformes sino que efectuaban labores de inteligencia, no notaron la presencia y acción de los motorizados asaltantes, pues ya se habían retirado, pero el Inspector Iván Pinto, al mando de los hombres del servicio de inteligencia, les ordenó tirarse al piso, debido a que los guardianes de valores creyendo que todos los vestidos de civil (y que de paso llegaron en un vehículo sin identificación policial), eran otro de los grupos hamponiles, los recibieron con fuego nutrido; solo la presencia de las patrullas policiales, acallaron el infierno y en medio de la confusión imperante, ya todos los hombres comprometidos en el robo se habían dado a la fuga.

En el interior del banco se desarrollaba otro escenario simultaneo al evento del transporte blindado —Tírense al suelo, todos sin excepción. Un negro alto de gran complejidad atlética con pasa montaña gritaba, vestía de caqui, llevaba una gran cruz en el pecho, su vestimenta parecía un uniforme, al cinto llevaba una fornitura con cartucheras de seis cacerinas para la sub ametralladora, los otros tres asaltantes usaban pistolas con cacerinas muy largas y se ubicaron en sitios estratégicos, siempre vigilantes, por si acaso alguien sacaba un arma o desconociera las órdenes impartidas que pusiera en peligro la operación, pero la alarma que informa a la policía ya había sido disparada por los empleados del banco cuando se produjo el robo del camión blindado en las afueras del banco, tan solo a 50 metros del mismo, por este motivo los eventos externos distrajeron a la policía así que mientras se producían los hechos que duraron aproximadamente 20 minutos, la operación de robo al banco fue programada para realizarse en 10 minutos, o sea que tuvieron tiempo de limpiar las cajas y las bóvedas, bajo amenaza de muerte a los presentes y luego retirarse por una abertura en una pared posterior al banco, hecha la tarde anterior por trabajadores que fueron contratados por una empresa para realizar otro trabajo, pero ya habían sido captados por la organización criminal tumbando la pared que daba a un pasillo que conducía a un sanitario al fondo de las oficinas del banco. De ese golpe, lograron llevarse el triple de dinero que lo que tenían en el camión blindado.

CAPÍTULO VII

En la sede del Cuerpo Técnico de Policía Judicial, todo era carrera, el grupo especial una suerte de brigada de investigación de casos especiales, compuestos por nueve hombres, salía en tres vehículos diferentes sin insignias policiales y una patrulla plenamente identificada, llevaban varios armamentos largos como fusiles, FAL, dos fusiles M-1, cuatro sub ametralladoras UZI. Como Jefe de Guardia ese día se encontraba Héctor Freites, este comentó a sus Detectives subalternos —nosotros vamos al sitio también con el Grupo Especial, pero nos ocuparemos de entrevistar a los testigos y a buscar las evidencias criminalísticas, lo que es la persecución y captura lo harán los mercenarios del grupo especial —hablando de manera irónica— así que no quiero que alguno de ustedes se ponga a perseguir vehículos a o los sospechosos, ¿Entendido? —y los ocho hombres de la Brigada "A" respondieron al unísono— Sí. De manera que el grupo de guardia, liderado por Freites, partió detrás del Grupo Especial, dejando tres hombres en la sede física del despacho investigativo, llegando posteriormente al escenario donde ocurrieron los robos, Freites, ataviado con un pantalón de seda azul y camisa azul manga corta con corbata azul, era el uniforme de los que ese día estaban de guardia en el C.T.P.J., portaba una pistola *Colt Comander*, calibre 45, entre el pantalón y la camisa, con dos cacerinas más, el pesquisa lucía más negro de lo que era bajo los inclementes rayos solares de la Guaira. El descendiente de mandingos africanos, brillaba y brillaba su cara, requirió de la caricia de su pañuelo; continuó caminando, examinando la vía pública frente al banco donde se desarrollaron los eventos; lo primero que vio fueron rastros de los neumáticos de la camioneta utilizada en el robo, estos rastros consistían en la impresión de estrías y canaletas en un barrial ya seco en el estacionamiento pavimentado motivado al estancamiento de aguas y presencia de barro. Al momento reconstruyó lo que pasó con la versión de diez testigos que se encontraban en el lugar, más los guardianes transportistas que aportaron bastante información, luego los empleados del banco, también fueron declarados en consecuencia. Horas después Freites y su gente comenzaron a evaluar lo acontecido en la Oficina del Comisario Jefe de la PTJ de la Guaira.

—Comisario Ríos, jóvenes Detectives y Agentes, les informo que la camioneta recuperada no contenía en el interior el dinero robado y no hay posibilidad de que los policías uniformados se lo hayan llevado; sin embargo, en los rines del vehículo, se localizaron un juego de rastros dactilares que ya se están procesando. También cuando se hizo la inspección ocular y el rastreo interior, tenemos palas, picos, mecates, tierra de la montaña y la que se hizo en las ruedas del vehículo en la maleta, tenemos igualmente algunas fibras de tela de hamacas y de carpas, considero que todas son evidencias físicas buenas para su futura comparación. Afuera donde se llevó a cabo el tiroteo, localizaron en el techo del banco unas conchas de carabina 308 y abajo, en el estacionamiento del banco, conchas de armas automáticas 9mm, también los muchachos de la sala técnica extrajeron proyectiles impactados en vehículos , paredes y alrededor del vehículo blindado en el piso, pero cuyos revestimientos de níquel y el núcleo, estaban totalmente deformados, casi imposible de compararlos por la lectura de campos y estrías provenientes de los rayados helicoidales de las armas que las dispararon. Dentro del banco, tenemos los microfilm de las actividades de los atracadores, estos usaron guantes y máscaras de carnaval para ocultar la identidad, después de muchos rastreos en un camino donde lleva a una montaña, vía Colonia Tovar, se localizaron todos los guantes usados y fueron recuperados como evidencia, se hicieron moldes de yeso para neumáticos en las zonas adyacentes al banco donde había humedad, precisamente en el lugar que los testigos ubican las motocicletas. Luego intervino el Comisario Ríos, a él lo admiraban de verdad, ellos sabían que Rodolfo Ríos Prato, había sido un gran investigador criminal, su fama era nacional en ese Cuerpo Policial, su fino olfato, lo llevaba siempre a intuir de buenas a primeras los resultados de los casos antes de que estuvieran concluidos, Ríos, en esa reunión llegó a aseverar que este grupo delictivo, probablemente tenía su guarida en la montaña, que se atrevía a asegurar que el dinero del blindado deben haberlo llevado en cualquier carretilla por la parte atrás de la camioneta antes de esta haberse dado a la fuga conducida por los antisociales, esta misma carretilla debe haber trasegado igualmente los reales abordados al banco al mismo tiempo, mientras todos los delincuentes, catorce a lo sumo se desaparecieron tranquilamente sin mayores preocupaciones. Explicaba Ríos Prato, que ese golpe estaba muy bien organizado, por la vestimenta, lo sincronizado, el uso de menores para llevarse el dinero del blindado y hasta ahora el suponía que una organización de ese calibre podía estar soportando el secuestro de las jóvenes negras. Cuando dijo eso, Freites, se levantó asustado —¡Comisario! Pido la palabra, —el Comisario Ríos, malicioso y satírico, hizo una mueca de burla propia de su personalidad y le dijo a Freites— yo sabía que saltarías, ya se lo que me vas a decir, que nada tienen que ver los glúteos con las pestañas, ¡ja!, después me darás la razón, pero habla, total somos un buró detectivesco democrático. Entonces Freites, no le quedo más que reírse —bueno Jefe, reconozco que usted nunca se pela, en materia de hacer conjeturas es un campeón, ¿pero no es un poco aventurado decir eso?, si nos vamos por la lógica esta gente son profesionales y hasta ahora no tenemos ninguna evidencia que vincula a los ladrones con los secuestros, más bien veo a cada grupo en si especializado, por lo tanto no veo la necesidad de investigar las dos cosas enlazadas sin fundamento, yo lo conozco, ahora nos va a obligar a seguir esa premisa que a la larga nos va a dar un silogismo equivocado y nos va a hacer perder tiempo y…vamos a encangrejar todo y se puede volver una merienda de negros… terminó callándose con las manos en la cabeza.

El Comisario Ríos y el Inspector Jefe Juan Azuaje, segundo Jefe a bordo, ambos de acuerdo y con mucha sensatez le exigieron a Freites, mucha mesura y cuidado en el manejo de esos casos, le amenazaron que, de no darle chance a todas las hipótesis, le quitarían los casos. Freites, disciplinadamente aceptó y en los días siguientes comenzó a trabajar aceleradamente sobre la posibilidad de ubicar la organización criminal en las montañas costeras.

El Sub Inspector, revisó la declaración del segundo guardián herido al momento del robo, después se dirigió al hospital donde estaba hospitalizado y custodiado por la Policía uniformada, por si acaso atentaban contra él. En el hospital José María Vargas, se entrevistó con el médico tratante, quien le explicó que la herida era hecha por un fusil y el proyectil se quedó en el muslo fracturando el hueso fémur, gracias a Dios, no cercenó la arteria femoral, acotó el médico. Freites, recibió el proyectil de manos del galeno y comentó con el Detective Jorge Zambrano, que era un fusil 308, usado para herir al hombre, sin embargo, Freites, hacia análisis con las conjeturas de su Jefe: Zambrano creo que Ríos, de repente tiene razón es probable que el hombre había acertado todas sus especulaciones. Esa misma tarde, reunió otras dos Brigadas, sumando veinticinco hombres, lanzó una operación conjuntamente con el Teniente Juan Castro Monsalve y cincuenta Guardias Nacionales, a fin de lograr la captura de diez ciudadanos solicitados en atracos a bancos de fechas anteriores, tratando de conseguir informaciones frescas del evento presente y matar dos pájaros de un tiro. Llevaban órdenes de allanamiento para las posibles conchas de los delincuentes solicitados. En medio del operativo llevado en diferentes barrios de la ciudad de La Guaira, el Inspector Freites, Comandante de la operación, recibió una llamada radiofónica, donde le informaban del secuestro de otra joven negra, según denuncia interpuesta por los familiares de la víctima, el hecho se llevó a cabo durante las horas del operativo más o menos a las cuatro de la tarde, esa fue la información que le transmitieron desde la oficialía de Guardia del C.T.P.J., de La Guaira. Freites, preguntó al operador del radio —¿Tienes alguna característica de los secuestradores? —correcto —contestó el operador— se desplazan en un vehículo Chevi Nova cuatro puertas —contestó el operador con voz metálica y ruidosa como si hubiese viento interfiriendo la comunicación— las placas del vehículo son: Miranda, Bolívar, Estado, Segundo, doble negativo, se desplaza de Catia La Mar, hacia Los Caracas —culminó el operador—. Enterado —indicó Freites—. De esta manera el Teniente Castro Monsalve, que cargaba el radio de comunicaciones de la Policía uniformada, transmitió la información al patrullaje, de inmediato recibieron respuesta positiva, Freites, en conocimiento instó al operador de radio de la PTJ., a que se comunicará con la División Aérea, de inmediato, Héctor Freites, recibió la siguiente llamada por el radio transmisor —PTJ (1), PTJ (1) al Inspector Freites. —Portátil 355, a PTJ(I) adelante le copio. —Ok, enterado, es el Capitán Gámez, Inspector Freites, bajé por casualidad por la quebrada de Tacagua, para entrar en el corredor aéreo de Tacoa, en un patrullaje hasta Catia La mar, pero vengo oyendo la transmisión y me corrí un poco más allá, sé que debemos buscar a un vehículo amarillo Chevi, si quieres aterrizo el helicóptero en la plaza de Macuto, a tu espera para perseguirlos. —Ok, estoy en Macuto Gámez, ¿Observas las patrullas? Cambio. —Enterado, ya te vi Freites, retírense un poco para que las palas no les alboroten el moño. Freites río y abordó el helicóptero a la orilla de la Plaza. El piloto Capitán Gámez, corrió el acelerador al 100%, colocó las 3.000 libras en posición de hover y despegó el *Bell Jet Ranger*, tomando la ruta de la carretera que bordea la costa vía los Caracas, en cinco minutos avistaron el Chevi Nova amarillo, solo hacían falta unas patrullas que los interceptaran, pero lamentablemente estaban muy retiradas, a kilómetros de distancia, entonces haciendo puente con el puesto de la Policía de Los Caracas, dos radiopatrullas salieron para cerrar el paso de los tripulantes del vehículo perseguido y su posible rehén. El helicóptero del Cuerpo Investigativo, se desplazaba a baja altura haciendo línea con la playa, mientras el Chevi Nova a 120 Km., por hora serpenteaba por la carretera de la costa mientras tanto a 150 metros de altura, la aeronave volaba a 20 metros detrás, a prudente distancia para evitar que abrieran fuego contra ellos en posición desventajosa, así llegaron tres Jeep tipo CJ5, con cinco policías uniformados y lograron cerrar el paso de los secuestradores.

Mayor susto se llevaron, pues desde el helicóptero eran apuntados con fusiles de asalto con miras telescópicas por los funcionarios del BAE que patrullaban con Gámez en la aeronave, al frente tenían casi 18 Policías que esgrimían sus revólveres, dispuestos a vomitar fuego sin darles el más mínimo chance de rendirse. El altavoz del helicóptero que permanecía en hover, ordenaba frenéticamente que salieran por una sola puerta del conductor, los cinco hombres morenos, aindiados, de baja estatura, colocaron sus manos entrelazadas en la cabeza y temerosos ante las ordenes imperantes se tendieron en el piso. Dos Policías se acercaron cautelosamente al vehículo Chevi Nova, apuntando sus armas de fuego, otros dos requisaron a los delincuentes en el piso, primero a uno tirado boca abajo en el suelo, largo a largo y con las manos enlazadas en la nuca, el Policía uniformado guardó su arma y se arrodilló tocando al sujeto por la cabeza, en busca de hojillas u otra arma, fue bajando cuidadosamente por el cuello, luego revisó el cuello de la camisa, el último en ser cacheado parecía el líder, pues en el suelo hacía muchas señas con la gesticulación de su cara, como indicándoles a los otros desde su incómoda posición, que no fueran a hablar o a decir algo, tal vez de sus fechorías, pero la pericia de Freites, al bajar del helicóptero en la playa, que bordea la carretera hacia los Caracas, alertó a todos y con voz de trueno ordenó a las policías uniformadas, ni se atreva a tocar el vehículo, primero cerciórese si quedó alguien, luego procedan a la requisa con mucho cuidado.

Posteriormente, Héctor Freites, del Cuerpo Técnico de Policía Judicial, ya imbuido del criterio que se daba la seguridad de suponer a todos los plagiarios en el piso, se abocó a observar el vehículo Chevi Nova, lo inspeccionó visualmente arma en mano, giró en torno al vehículo de color amarillo, cuando de repente comenzó a sentirse un ruido proveniente de la maleta del vehículo, era exactamente unos golpes contra la latonería, Freites, se acercó más, afinó su audición y señaló a todo el mundo con el dedo índice batuteando hacia el carro. Luego dos policías pararon a uno de los sujetos para que abrieran el maletero y sorpresa: apareció una negrita amordazada y amarrada. Pobre muchacha, estuvo por dos horas encerrada en el maletero ¡Que desalmados! y de actitudes abominables la de estos plagiarios capturados, a quienes les decomisaron cuatro pistolas. Luego fueron trasladados hasta la Sede de la PTJ de la Guaira, al igual que a la bella afrodescendiente rescatada, quien fue asistida por los médicos forenses y por todos los Detectives del Grupo de investigación de Freites. No había terminado aún el día cuanto se produce una llamada telefónica a la Sede del Cuerpo Detectivesco. Había sido localizado sin vida y sin una gota de sangre, el Historiador Víctor Montero.

CAPÍTULO VIII

Wladimir Romero, sintió desvanecerse, se sentó con pasmosa lentitud en una butaca del recibo de la casa, analizando incrédulo el fallecimiento de Víctor Montero. Intentó pasar a su lugar de trabajo, que también era la casa de Montero, pero hasta allí podía llegar, las áreas más internas estaban precintadas, el rotulado decía C.T.P.J., NO PASE. Asombrado por el fallecimiento de su Jefe, sostuvo conversación con otro Historiador, que laboraba para la municipalidad de La Guaira en la Casa Guipuzcoana, este era Josué Da Freitas, un portugués joven que estudió Historia en la UCV y ahora formaba parte de un equipo de investigadores nativos de la Guaira, que trabajaban con la cultura y las tradiciones pasadas. —No sé, pero un Agente me dijo que fue asesinado —informó Da Freitas— sí, sí, sí, eso es lo que me asombra Josué, pero ¡Víctor, no tenía ningún enemigo! —¡Resaltó con voz alterada, en eso se hizo presente el Inspector Freites y otra comisión de Investigadores!— ahora sí está bueno —¡increpó a los seis Detectives que estaban allí y a los veinte Policías uniformados— ¿Cómo es posible, que hayan permitido el paso a la escena del crimen a civiles y a tantos Policías?, se me salen de inmediato, pero antes, todos los uniformados y civiles que están en la sala, me dejan las huellas dactilares para descartar, no me permitan más la entrada a la casa, toda el área se nos presenta de gran interés criminalístico. Nadie protestó en voz alta por el contrario con los gritos de Freites, todo el mundo se apuró en ponerse a la orden para el cotejo de huellas y el resto se retiraron a las partes exteriores de la casa, donde estaban agrupadas las unidades de la policía uniformada y del Cuerpo detectivesco.

Wladimir, que no entendía nada de estos avatares policiales, se molestó y comentó a Freites —¡A lo mejor yo lo maté! —Freites, conciliador y burlista— ahora me dejas tus huellas carrizo —a lo que Wladimir, no le quedó más que reír. Luego se retiró y se reunió con el portugués Da Freitas, Jorge Carrillo y Luciano Ponce, todos Historiadores en la Plaza de la Guaira, allí tomaron asiento en los bancos de cemento, el sol reverberaba con fuerza demoníaca a las doce en punto del mediodía. Con el sudor a chorros frente abajo, Romero, se secaba el mismo con un gigantesco pañuelo amarillo con sus iniciales bordadas en hilo de oro. Recordaban al difunto con cariño, se preguntaban quién podía ser el responsable de su muerte, hablaban de su entierro, si la municipalidad se iba a encargar de su entierro. Víctor Montero, era profesor de Historia en casi todos los liceos de La Guaira; sin embargo, era uno de los cronistas de la ciudad, con cargo municipal, su oficina estaba en la Casa Guipuzcoana. Wladimir, se dirigió hacia la sede de la PTJ, usando un autobusete de transporte colectivo, se apeó frente a la calle que daba a la sede y antes de llegar allá, fue sorprendido por detrás con una estrangulación que Freites, le dio, como si fuera un luchador, este se asustó, pero enseguida reaccionó y comenzó a reír, el moreno Freites, aflojó la llave de lucha y se unió en dúo de mandíbula batiente, —¡yo sabía que eras tú, si no, ahora estuvieras en el piso con una proyección de Judo que te hubiera aplicado —mostrando los músculos del brazo derecho cubierto por su camisa floreada de abigarrados colores, de manga corta a manera de echársela de forzudo, a lo que el Freites le dijo— ¡Que va, ya estabas dominado y sometido para enviar al piso este cuerpo de un metro noventa, te iba a costar mucho! Se abrazaron caminando hacia la oficina, haciendo una pareja despareja, el gigantón negro y el indio de un metro setenta.

—Montero, no tenía enemigos vale, era un hombre bonachón apasionado por la historia, tenía varias investigaciones abiertas sobre la Guaira Colonial, yo fui su asistente, sabía de sus andanzas. —¿Investigaba algo que incomodaba a muchos? —preguntó Freites, arrellanado en su butaca ejecutiva. Su interlocutor al frente del escritorio sentado en una silla de madera dentro del cubículo de la Brigada (A). Romero, se sorprendió a tal pregunta —Pero lo voy a investigar —contestó— de eso no te quepa la menor duda. Se despidieron y Romero, se dirigió a la casa con el permiso policial, pues ya a tres días del homicidio, la escena del crimen había sido liberada; Romero, tomó las llaves de la casa de humilde aspecto pueblerino, con ventanales muy grandes al estilo colonial, con barrotes que finalizaban en puntas de lanzas, con el alfeizar donde se sentaba la gente a media pared, pero el piso de la casa a un nivel inferior del piso de la calle, sus ventanas de madera labrada y espesa, combinaban con la madera de la enorme puerta colonial, que al abrirla, mostró el zaguán largo que llegaba a la otra puerta que por fin daba acceso a la casa. Sintió nostalgia, en el poco tiempo que llevaba con él, se había compenetrado con un aprecio y sentimientos muy sinceros.

Montero, era hombre de mucho dinero, de hecho Romero, devengaba un buen sueldo que salía del peculio del occiso, quien era dueño de la Hacienda San Miguel, ubicada en Carayaca, vía la montaña. Caminó hacia la sala de recibo, con grandes muebles tipo colonial, permanecían allí como convidados de piedra, había una mesita de centro redonda, de madera caoba de 30 centímetros de espesor, con un tapete con damas antañonas con paraguas dibujadas en finos bordados, en fin arte textil de primera mano, un detalle interesante, un poco diferente, en el centro un bonsái frondoso, represado en toda su majestuosidad, luego salió de la sala cargada de detalles decorativos, todos de madera labrada, parecía ser el único estilo interior de la casa con grandes muebles coloniales, de esta manera avanzó muy confundido, pero alerta, buscando el salón, biblioteca y despacho, lo avistó en un pasillo interior, verdaderamente la casa parecía un laberinto, pero eso ya lo sabía de tanto visitar el profesor Montero, llegó a la puerta giró la manilla y ¡Oh! Sorpresa, estaba abierta, era uno de los temores que tenía, porque él no tenía llaves sino de la puerta principal, le dio satisfacción saber que ahora nada le impedía averiguar en sus archivos o en el escritorio de Montero, mediante la revisión de sus documentos, para conseguir algún indicio contra quién había ordenado su muerte.

Luego, recorrió los cinco metros y medio que lo separaban entre la puerta del despacho y el gigantesco escritorio de madera de modelo antiguo, parece que los gustos del occiso, eran definitivamente de un hombre conocedor de la historia de la independencia venezolana, pero que se había quedado congelado en ese tiempo, con sus manifestaciones artísticas en el labrado de la madera para los muebles interiores de una casa. Abrió la primera gaveta del lado izquierdo, una manilla con cabeza de león, de un metal dorado que parecía oro; sustrajo un legajo y se puso a buscar entre papeles tamaño carta que solo tenían manuscritos, garabateados por Montero, ¡Nada!, no veía ningún indicio. Wladimir, creía en que cualquier informe que se saliera de lo normal pudo haber inquietado extraordinariamente a los otros historiadores y ciertamente lo suponía de manera obcecada, porque él, como asistente del fallecido, pudo recordar al grupo de compañeros cronistas de la ciudad, y poniéndole más atención a esa evocación pudo notar que la envidia y el odio que le tenían a Montero, la sudaban por los poros, lo que pasa es que disimulaban muy bien, sabía que este no tenía otros enemigos, ni demandas judiciales, ni era digamos mafioso, o si lo hubiese sido en un supuesto negado, que le debiera dinero a alguien, como algún negocio proveniente del delito, drogas tal vez, alguna situación que pudiera generar venganza, pero nada de eso, pensó Wladimir Romero, entonces se abocó a seguir buscando entre la segunda y tercera gaveta, pasó al lado de la derecha, siendo infructuosa la búsqueda. Seguidamente revisó en uno de los archivadores, eran grandes, fuera de lo normal, estos mamotretos de metal le fueron hechos especialmente a Montero, para guardar planos coloniales y documentos de diferentes tamaños depositados en esas cajas metálicas de dos metros por uno de fondo. Le costó abrirlo, menos mal que no tenían la llave pasada, pero si había como un defecto en el sistema de poleas en el primer archivador. Por fin lo logró, "¡Santo que tesoro!", pensó en voz alta Wladimir, al rodar la sección primera, pudo ver todos los planos coloniales de la Guaira, al parecer este hombre tenía más planos y documentos que la administración pública, bueno no en vano era uno de los cronistas de la ciudad, por eso también era envidiado, así se paseó por los dos gigantescos archivadores y nada positivo.

Entonces, se fue a la caja fuerte, el sí sabía la combinación, porque en vida Montero, se la había dado a él como se asistente le tocaba sacar dinero de allí, para pagar algunos gastos necesarios en las investigaciones históricas. Nada, solo una suma fuerte de dinero que tendría que reportarla al Fisco Nacional, sino aparecería algún familiar para el proceso de sucesión, que por cierto no se había hecho presente nadie, en la Hacienda San Miguel, solo había trabajadores y empleados, aunque Wladimir, sabía de un hermano que Montero tenía, vivía fuera del país, al parecer un médico residenciado en París, a quién con el tiempo Wladimir, ubicó y notificó. Por ahora él era el Administrador de las propiedades de Montero, por un poder que recientemente le había hecho el mismo ante la Notaría de La Guaira y pronto comenzaría a gestionar ante el Estado, el trámite sucesoral respectivo. Por los momentos Romero, había recibido el apoyo de toda la Comunidad Guaireña, mientras tanto quedaría en la administración de la Hacienda, la Casa de La Guaira y unos dos locales comerciales muy grandes que se especializaban en línea blanca y una Agencia Aduanera. Momentáneamente Wladimir Romero, sintió un susto mayor, al presentarse ante la realidad, la responsabilidad era muy grande, él nunca pensó que el viejo iba a morir de esa forma tan prematuramente, él apenas tenía meses como su asistente, pero lo que pasó fue que el historiador le tomó mucho cariño y gran confianza, ahora sus miedos no eran tan infundados o sin motivos, en un momento dado pensó que lo podían matar también a él, que si podría ser, porque pueden sospechar que sabía algo, bueno tenía que existir un motivo por el cual lo asesinaron, "¡Vaya lío!" sin embargo se dijo para sí, "no importa seguiré adelante, ¡Al carajo con ellos!" Después se fue a la biblioteca, seguía pensando alocadamente "si lo asesinaron aquí, puede ser que ese mismo día se hayan llevado algún documento comprometedor". Se paró frente al cuerpo central de la biblioteca, no sabía dónde buscar, de momento volvió a razonar, "¿Sería realmente un documento, estaré buscando en vano?, ¿Habría otro motivo?", sin embargo se quitó la camisa y se quedó en franelilla, porque efectivamente buscar y buscar, entre esa gran cantidad de libros, en la sección de documentos públicos, una suerte de archivador de madera, de confección de formas coloniales que armonizaban con la gigantesca biblioteca de 6 metros de alto por 40 cm. de ancho, le ocasionó un copioso sudor, al finalizar extrajo el pañuelo con sus iniciales bordadas.

CAPÍTULO IX

Héctor Freites, reunió su Brigada en la Sala de Operaciones y nueve Detectives se sentaron con cara de aburrimiento.

—Bueno chicos, sé que estamos exonerados de todos los casos anteriores, solo estamos trabajando los casos del atraco bancario, la desaparición de las muchachas guaireñas y la muerte de Víctor Montero.

—Ahora, jóvenes detectives, —anunció con voz enojada y recia— ¡no he visto resultados por parte de ustedes! El negro Freites, arreció, se levantó de su asiento y batió sus manos gigantescas —¿Que les pasa, es que no quieren trabajar? ¡Ya me tienen molesto!, van veinte días del robo al banco y dos meses del rapto de la primera muchacha, solo tenemos más de 100 declaraciones, ¿qué pasa con ustedes?, solo echar físico, —apretó los labios y se desahogó gritando. Las caras de aburrimiento de los pesquisas desaparecieron, solo se veía preocupación en ellos "Jorge Zambrano", rompió el silencio de los detectives —Sí es cierto Inspector que todavía andan haciendo de las suyas los malandros, pero permítame hacerle un resumen de lo que hemos logrado, porque es que usted ha estado muy ocupado con los otros Jefes y desconoce nuestro trabajo de hormiguita. Bueno siguiendo sus instrucciones aclaró "Zambrano" con delicadeza, tratando de no zaherir a su Jefe, a quien querían y respetaban todos los muchachos de la brigada "A". —Precisamente eso es lo que yo quiero, —manifestó Freites— haber hagamos un resumen de lo que hay que es poco, porque nos faltan mucho para armar el rompecabezas. Entonces, Zambrano, diligente explicó:

—Inspector, es el caso de las morenas plagiadas: ¡ah! tenemos que en el primer allanamiento que hicimos cuando cayeron presos lo sujetos de Catia La Mar, donde murió el enano, se encontraron instrucciones escritas, sin firmas ni nombres de los Jefes de la banda, este grupo, ya tenían muchachas seleccionadas, con sus viviendas señaladas, las rutas que tomaban diariamente y todo, investigamos, casi todas las secuestradas son de Catia La Mar, para esa época iban seis, tenemos la escritura a mano de los que hicieron esas instrucciones, pues habían dos tipos de letras, también había números de teléfonos locales a donde llamar para las instrucciones, esos teléfonos dan a un consultorio médico, a nombre de Argimiro Meléndez, citamos al Médico, lo declaramos y el hombre negó su participación en eso, así que le tomamos muestras escriturales y la remitimos con nuestros y tan importantes Criminalistas del Departamento de Grafotécnica de la sede central los estándares de comparación luego descartamos a ese Médico. Ahí continuamos adelante con la certeza que este grupo había secuestrado ya a las chicas, corroboramos que seis de la lista habían sido raptadas además se veían tachadas las instrucciones, entre doce más —señaló Zambrano— que no habían sido secuestradas, se notaba que estaban siendo seguidas, estudiado su modus vivendi, así como su dirección, sus costumbres, porque en la lista habían direcciones y lugares que frecuentaban, en esa lista si estaba la muchacha que el segundo grupo capturado tenía en la maleta del vehículo. Los tres sujetos occisos del primer grupo, tienen todos antecedentes policiales por secuestro, homicidio, al igual que el enano, estaba solicitado por robo a bancos era apodado "El Enano Siniestro", tal vez evocando a una persona, me contaron que fue un sujeto apodado igual en los años de 60.

—En las instrucciones explicaban que la mercancía debía ser llevada al pueblo de Tarma, allí serían recibidas por una camioneta Wagooner, placas AMX-305, violarlas y maltratarlas, era pena de muerte para el secuestrador que incurriere en eso. Investigamos la camioneta por las placas, estamos esperando respuesta de Tránsito. Tenemos también una lista de teléfonos que uno de los occisos cargaba en la cartera, los estamos verificando en la actualidad con la compañía telefónica CANTV, encabezaba esta lista el siguiente texto escrito a mano: llamar una vez que aseguren a la persona trabajada, si es capturado, romper de inmediato este papel y deshágase de él. Ahora con relación al segundo grupo capturado, les explicará el Detective Goncálvez, (la sala de operaciones era el único lugar con aire acondicionado en la Comisaría, por eso los Detectives se sentían cómodos en esa reunión, que amenazaba con avanzar sobre muchas horas de analizar los casos).

Héctor Freites, solicitó las actas policiales de cada diligencia investigativa efectuada; un poco más calmado ordenó a Goncalves, continuar: Él era el único Detective que portaba sobaquera con su pistola, contó como los cinco ciudadanos capturados, también poseían antecedentes por atraco, eran procedentes de Caracas y fueron contratados por una persona desconocida para ellos, pues sólo les daba instrucciones por teléfono; sin embargo les alquilaron una habitación en la calle San Juan de Dios de La Guaira, les depositaron dinero en una cuenta bancaria de uno de ellos, todos son del Barrio José Félix Ribas en Petare, se les decomisó cuatro pistolas y un revolver que estaban solicitados por diferentes expedientes por los delitos de robo y hurto en diferentes comisarías de la gran ciudad, con fechas recientes.

En el allanamiento de la habitación, se les localizó la misma lista de jovencitas, pero escrita a máquina de escribir, suponemos que ya habían secuestrado a doce jovencitas, incluyendo a la rescatada, fueron comparados los nombres con las denuncias de secuestro o las notificadas por los familiares como personas extraviadas, de esto tenemos hasta ahí, deducimos que iban todas a un prostíbulo, pues el Jefe que ellos no conocían, de los que las secuestraban, les manifestó telefónicamente que las trasladaban primero a la montaña para meterles un espíritu y después serían vendidas a la prostitución Arubeña.

Freites, se paró de su asiento y sacó las manos de los bolsillos del gigantesco *blue jeans*, de paso los usaba muy anchos, con una camisa blanca manga larga, enrollada, de rallas verticales azules, con tirantes que le sostenían los pantalones, portaba la pistola 9mm, en la cintura, sin funda, comentó —¿Y que declararon los choros esos?, ¿Les sacaste la verdad?, ¿Les preguntaste como sabían ellos eso?, ¿Quién se los dijo?

Goncálvez, parsimonioso se agarró la 9mm, en la sobaquera y le dijo —Parece que fue lo que le comentaron por teléfono cuando los contrataron, del resto no saben más nada, todas las muchachas las entregaron en Tarma, a la misma camioneta, a esta no pensaban entregarla, la iban a violar entre todos en Caracas, porque tenían una semana trabajando y no tenían relaciones sexuales con ninguna mujer, no pensaban entregarlas porque también los amenazaron con matarlos si le hacían algo a la mercancía, al teléfono de la habitación le mandamos a hacer el cruce de llamadas con CANTV, estamos esperando resultados, está probado por la confesión de ellos que secuestraron seis jovencitas y por otras vías, tanto criminalísticas como por declaraciones de testigos que observaron en dos casos los secuestros.

a lo que continuó —Con relación al robo del banco, las motos y las huellas dactilares, identificamos a trabajadores de la Hacienda San Miguel, como los atracadores del Blindado, ya los pusimos solicitados, pero los de dentro del banco no, ubicamos unos choros regenerados, atracadores de bancos y nos informaron de una "Nueva Vida", es un movimiento delincuencial, espiritual que opera en las montañas, de forma que supuestamente son muy poderosos y han captado gente de todas partes incluyendo los de San Miguel, nos contaron estos ex delincuentes que en "Nueva Vida", están reclutando delincuentes para futuros golpes, les pagan muy bien, por los momentos dominan aquí en la Guaira, la prostitución de adolescentes, el secuestro de jovencitas negras para los burdeles Arubeños y los robos a bancos. La camioneta usada en el robo es de un Médico llamado Juan Antonio Fuenmayor Fernández, que ya la había reportado como robada.

—Evidencias: rastros de neumáticos de la camioneta usada en el robo, los rastros son de barro y en la camioneta también, rines: donde hay un juego de huellas, palas, picos, mecates, tierra de montaña, fibras de tela de hamaca y dos carpas, conchas de 9mm., en las afueras del banco, fueron recabados proyectiles que impactaron en las paredes, en la pierna de un transportista de Valores y otro guardián herido también en los vehículos.

—Del banco robado, observamos el microfilm, los sujetos entraron con pasamontañas, máscaras de carnaval y guantes.

—Por otra parte, tenemos el homicidio de Víctor Montero, ese si lo trabajó usted directamente Inspector.

Freites, tomó la palabra justamente cuando venía haciendo entrada el Comisario Jefe Rodolfo Ríos Prato —voy en este momento a disculparme con el Comisario Ríos, ahora si estoy convencido de que homicidio, secuestro y atraco bancario guardan relación, le pido disculpas Comisario —y se calló. Lo miró con profundidad, Ríos, lo vio con picardía y también calló. En el fondo ambos estaban satisfechos el uno del otro, Ríos, seguía siendo un líder y Freites, cada día aprendía más de él, son corrientes de la investigación criminal, cada Comisario tiene sus seguidores; Freites, entendió que debía seguir, Ríos, ansiaba sorprenderse de la actuación de él, por eso se sentó encabezando la gran mesa ovalada en la sala de operaciones, se relajó para escucharlo. —Creo que policialmente tengo los casos resueltos, si no me han visto de mucho en la semana es porque estuve trabando muy duro.

—Primeramente, hablemos del homicidio de Montero: a Montero, lo mata un Historiador llamado Martín Salgado, un Médico llamado Juan Antonio Fuenmayor Fernández y un enfermero llamado Pedrito Peralta, que trabaja en el Hospital José María Vargas. Logramos tomarle declaración espontánea a una enfermera, que fue despedida de su trabajo por el Dr. Fuenmayor, cuando era director del Hospital Vargas, en consecuencia perjudicada porque tiene cinco hijos, esa mujer la ubicamos en vista que para asesinar al historiador, utilizaron equipos médicos, por lo tanto al ir en busca de información en el hospital sobre el instrumental, nos dieron el dato de esta señora, procedimos a ubicarla, nos contó que el enfermero y el galeno eran novios, pero lo más grave era que ella fue llamada la noche del asesinato por una supervisora para que le hiciera la guardia a otra enfermera, que esa noche tuvo un conato de aborto, entonces llegó al hospital a las doce de la noche y cuando se dirigía a pabellón para prestar sus servicios, según narra en la declaración testifical, observó que el médico antes mencionado y el enfermero Pedrito, lanzaban a un pipote de basura detrás del hospital, un instrumental médico para transfundir sangre, cosa que le llamó la atención, ¿Porque ellos se ocuparían de eso?. Luego los siguió en las sombras y los escuchó comentando que habían matado a un tal Víctor, por la causa de "Nueva Vida", yo no entendí al momento, pero si presumí que el crimen tenía que ver con la sangre, por eso volví y revisé, habían vaciado varias bolsas de sangre en las alcantarillas adyacentes al pipote de basura. —Freites, hizo un alto, miró a su alrededor directamente a las caras, preguntó si habían entendido, nadie contestó, continuando posteriormente— me ayudaron Roger Contreras y

Jhon Paredes, aquí presentes, para refuerzo de esto que digo: Mi amigo Wladimir Romero, fue a la oficina de la Alcaldía a buscar algún papel o documento en fin, una pista que comprometiera a alguien por lo menos, a él mismo lo declaramos por ser su asistente y a la vez lo descartamos, en eso se recordó de lo siguiente: En una oportunidad nos narró Wladimir, que fue con Víctor Montero, para la alcaldía porque sospechaba que varios historiadores estaban tergiversando la historia de la Guaira y ese era un punto de honor para él, por su condición de cronista, en torno a eso ya habían habido varios enfrentamientos en ese clan de Salgado con Víctor Montero, entonces como se enteraron de un evento montado por ellos decidieron, ir al salón de conferencias para espiar un poco, por lo tanto contó así lo que pasó esa tarde:

Los Historiadores Martín Salgado, Jesús Macedo Martínez, el Médico Juan Antonio Fuenmayor Fernández, el Psicólogo Pedro Istúriz Centeno y el Periodista Roberto Santos Vivas, integraban el pódium de las Conferencias dictadas por la Alcaldía, sobre los orígenes del hombre de la Costa Venezolana, en primera línea estaba el Profesor Montero y Wladimir, la sala estaba llena en la Alcaldía, un mesero repartía café en medio de la conferencia, 40 personas asistentes, eran todos los representantes culturales de las diferentes comunidades de La Guaira y así se desarrolló esta conferencia sin pena ni gloria que no le dio a Montero mayores dolores de cabeza, pero que lo mantuvo alerta sobre un supuesto falso positivo histórico que de verdad él sospechaba, pero no atinaba a conocer o sea que todo quedaba en puras sospechas. Allí comenzó Wladimir, a darse cuenta que Montero, si tenía enemigos, ¿Pero no sabía por qué? Después de esto y posterior al asesinato, Romero una vez en la oficina de Montero en la Alcaldía, notó que se le había adelantado Martín Salgado que sin permiso estaba curucuteando dicha oficina. El hombre se escondió y llamó a seguridad quienes a su vez increparon a Martín Salgado, obligándolo a salir. En ese preciso momento aprovechó Romero, para registrar apurado, por supuesto no consiguió nada, me lo contó al tiempo después de la muerte de Montero y le propuse visitar la oficina oficialmente y así aventurando, tratando de encontrar algo, conseguimos tres copias que podían indicarnos por lo menos una pista que era lo que buscábamos a saber: una copia del periódico de La Guaira de tres meses antes, allí se convocaba a una Conferencia titulada "Nueva Vida", se invitaba al estadio a todos los desempleados de La Guaira, para conseguir trabajo en nombre de Dios y hombres de negocios para conseguir prosperidad, a la vez mostraban al Periodista, un documento antiguo que decía lo siguiente: en 1591, Tarma se convirtió en encomienda con Antonio Acosta al frente de esta, allí también había Indios Guaiqueríes, Petaquires y Moriches, dividiéndose el territorio Tarma en otras encomiendas, en Mamo, Carayaca, Maiquetía, Cagua y Caraballeda.

—Pero, a lo largo de los años como en las demás comienza a enseñar la religión católica a los indios criollos y a los africanos el idioma español, con el apoyo del Obispo Martí. En esa encomienda Tarma, adoran a la Virgen de la Candelaria, Tarma construye su iglesia y aloja su Virgen traída de las Canarias, civil y eclesiásticamente, Tarma pasa a ser núcleo principal de las encomiendas adyacentes, como Chichiriviche, Oricao, Carayaca, etc.

—En 1772, el Obispo Mariano Martí, visita a la Población de Tarmas y la ratifica como el Pueblo de nuestra Señora de la Candelaria, en esa fecha se le aparece a un Indígena Tarma la Virgen y le entrega un madero labrado con las figuras de una pareja negra rindiendo culto a un Dios africano, otra de nuestras indígenas en una danza adorando a otro Dios y la Virgen de la Candelaria, con un crucifijo dirigiendo ambos rituales. A los efectos se formaron varios criterios eclesiásticos: uno rechaza esto por diabólico y la corriente del Obispo Martí, que interpreta el sincretismo, como un deseo de la virgen de fusionar los tres ritos para salvar a la región de una futura destrucción exactamente en 1999, tal como lo estudió de los otros signos que consiguió el Obispo Martí en el madero, justamente cuando la osamenta de un Indio aparezca en un incendio, más o menos en 1982, estas señales serán del fin de la Guaira y el ritual de la montaña debe llevarse a cabo con hembras morenas y negras, antes que se evidencie la conjunción de un eclipse de luna y ese será el fin.

—Una copia estaba hecha en forma de acta histórica narrando la falsedad del documento y sus implicaciones, otra copia era el documento apócrifo firmado por el Obispo Martí.

—¿Qué narra el Profesor Montero en su acta?

—Muchas cosas, entre otras que asistió a la convocatoria del estadio, explicó que esa sola vez bastó para meterle en la cabeza a la gente que "Nueva Vida", lograría mejorarlos espiritualmente, que bajarían del cielo las riquezas, que se le negaban al pendejo y exhibían el documento como un respaldo, avalado por la iglesia católica. Montero, parece que hizo una encuesta a la salida del evento y preguntó a diez personas que, si les importaba que ese documento fuera falso, todos le contestaron que no les importaba. Este acto lo encabezaron Juan Antonio Fuenmayor Fernández, Martín Salgado, Argimiro Meléndez un supuesto Sacerdote negro muy alto que vestía de caqui, tenía una gran cruz en el pecho y un cronista llamado: Marino Vergara. Todos instaron a visitar la montaña en grupos cuando ellos dieran la señal o sea en la próxima conferencia, que era en dos semanas, lo que en realidad sirvió para marear a la gente, pues en ese momento captaron unos quince desempleados y diez ex convictos para sus fines delincuenciales, otros captados para el ritual de la montaña fueron cincuenta empresarios para sacarles dinero en el ritual.

—Ya Montero sabía que el robo al banco lo había dirigido Martín Salgado, porque un obrero leal de la Hacienda San Miguel, le había contado que este llegó a Carayaca, donde queda la Hacienda con la caravana de motorizados y un jeep rústico con los otros malandros, Martín Salgado, usó radios para dirigir el robo al blindado y al banco. —Aclaró entonces Freites— que leyendo el acta le provocó llamar al archivo criminal en Caracas y como Montero suministraba la cédula de identidad de Salgado, solicitó los antecedentes de él, a lo que contestaron que tenía antecedentes por estafa, robo y secuestro. —Continuó Freites con su narrativa en la sala de operaciones de la Comisaría de La Guaira, pero miró a los ojos de todos y comentó— ¡ah! ¿Están asombrados verdad?, —en consecuencia, se rio epilépticamente— bueno, bueno falta mucho todavía, Montero, comenzó a investigar por su cuenta y preguntó mucho a otros profesionales del entorno de Salgado, lo que puso en alerta a este que también trabajaba con él en la Alcaldía, ya que era quienes llevaban el Folklore, la cultura y la historia de esa Región era un equipo interdisciplinario. No obstante Montero, se trasladó a la iglesia del Pueblo de Tarma y a Carayaca, allí investigó con el Clero, autoridades y la gente, logrando determinar la falsedad del documento, por la investigación histórica del contexto cosa que le hizo verse en la obligación de pedirle al suscrito o sea a mí, que comparara la firma del Obispo Martí, con otra firma de otro documento que le facilitó el Padre de Carayaca y en el Departamento de Grafotécnica de Caracas me confirmaron que esta, no concordaba con la firma original y la antigüedad del papel no existía, era del año anterior sometido a un proceso químico de envejecimiento, hasta los momentos PTJ, no tenía ninguna averiguación abierta sobre esa falsificación del documento, pensé más bien dejárselo a los historiadores para que resolvieran desde esa óptica, pero reconozco que yo no le paré a Montero, realmente estaba muy ocupado y él no me informó todo completo, creo que guardó algo para estar más seguro de tener mejores pruebas, por eso no asocié nada hasta ahora que leímos el documento acta de Montero, me imagino que iría a hacer una rueda de prensa o nos pasaría esto a nosotros para su investigación, lo cierto es que él, era un hombre tozudo, valiente, correcto, de gran honestidad y eso le costó la vida. Salgado, habló con varias personas que asistieron al estadio y estas le contaron que Montero, estuvo allí y que sospechaba que el documento era falso, pero más influyó que un obrero de Montero, le informó a Salgado, sobre la delación de un empleado de la hacienda San Miguel hecha al mismo Montero, con relación a que él dirigió el robo y también le quitaron la vida al muchacho, quien apareció arrollado por un auto fantasma, ya Montero, había sido sentenciado a muerte. Tenemos varias declaraciones de testigos en torno a esto.

Todos en la sala de operaciones aplaudieron incluyendo al Comisario Ríos.

—¿Ahora como vinculamos a Martín Salgado, a robos de secuestros y homicidios? ¡Ja! ¡la pregunta de las 64 mil lochas! explico mis queridos colegas: El documento de Víctor Montero, después de autenticarlo con experticias para ver si es de Montero la letra y la máquina de escribir, ya está instrumentado en el expediente, la grafotécnia dio positivo, su letra, firma y la máquina de escribir que es la de la oficina en la Alcaldía.

—Entonces, es una prueba indiciaria, aunque sea una copia, parece que Montero, guardó el documento original escrito en su máquina de escribir de la Alcaldía en su casa y al matarlo estos lo encontraron por casualidad, entonces se lo llevaron. Montero, tuvo la precaución de guardar una copia, pero muchachos no es lo único que inculpa a Salgado, vamos ahora al sitio del suceso donde apareció el cadáver sin sangre, esta gente, me refiero a unas cuatro personas porque todas las pisadas rastreadas con el laboratorio de criminalística incluyendo botas montañeras son contabilizadas en razón de cuatro personas, ahora la tierra que traían resultó ser del sector de Petaquire, Río arriba, Tarma y Carayaca, vía la Colonia Tovar, tenemos varias configuraciones en fotografía para comparación de las botas que más se ven que son dos pares. Debajo de una gaveta en el escritorio del occiso en su casa, localizamos cinco dedos de una mano derecha, al reactivar las huellas y estudiarlas resultaron ser de Martín Salgado, tenemos un testigo de la calle San Juan de Dios, que vio cuando llegaron cuatro hombres, reconociendo a Salgado, al médico Fuenmayor y al enfermero; fuimos de noche para corroborar la versión y si hay suficiente luz, la vecina vive al lado de la casa de Montero, según informa esta que llegaron en una Wagoner marrón, placas AMX-305. ¿Qué les parece?, — luego preguntó Ríos, con sorna— ¿Y cuál es esa? y el Inspector Jorge Zambrano le dijo a Ríos, —nada menos… ¡fíjate que esa es la camioneta donde reciben las jóvenes secuestradas en Tarma!" y pertenece al Doctor Fuenmayor, que también la denunció como robada, igual que la otra, por allá van los tiros aclaró Freites. Los Detectives no salían de su asombro, por algo Héctor, era el Jefe de ellos, procurarían imitarlo, pensó para sí cada uno de ellos, menos Jorge Zambrano, que se consideraba sobrado. Goncálvez, se acarició el cabello negro y un abundante bigote, nuevamente engoló la voz para igualarla a su gran tamaño, entró en acción cuando preguntó que, si no habían encontrado algún instrumental médico, debido a que el cadáver le extrajeron hasta la última gota de sangre.

Héctor Freites, muy espabilado y mosca todo el tiempo, le tenía preparada la respuesta —fíjate Goncálvez, el Detective de raíces portuguesas abrió los ojos en forma desmedida y escuchó con atención, acompañado de gestos un poco payaseados. Entre la lista de teléfonos que localizamos en la cartera del occiso de Catia La mar estaba el de Salgado, yo mismo fui a CANTV e hice todo lo referente a telefonía, como ustedes ya habían oficiado pidiendo la información entonces yo la fui a buscar, pero bueno, junto al de Salgado estaba el del Dr. Argimiro Meléndez, Juan Antonio Fuenmayor Fernández y un tal Pedro Peralta, que averiguamos es enfermero del Hospital José María Vargas, en esas casas practicamos allanamientos y donde Martín Salgado, conseguimos las botas usadas ese día, el documento robado a Montero y una hoja del libro APARICIONES EN LA GUAIRA, de Pedro Rosales, que permanecía en la casa de Montero, le había sido arrancada el día del asesinato, pero además la hoja tenía esporas vegetales, quiere decir que Salgado, se llevó la hoja a la montaña y luego la regresó a su casa. En esa hoja estaba la conclusión del libro y allí se plasmaba el criterio que no se habían producido apariciones de santos en 500 años de vida religiosa en La Guaira, además podemos anunciar que en ese libro de 250 páginas y en la hoja, igual conseguimos otros juegos de rastros dactilares pertenecientes a Martín Salgado, se ve que estaba desesperado buscando documentos. Ahora en el sitio del hecho donde asesinan a Montero, vale decir en su casa, conseguimos una huella cruenta, la cual significa el dibujo dactilar del dedo pulgar de la mano derecha manchado de sangre perteneciente al enfermero Pedrito Peralta, siendo localizada en el baño de la biblioteca exactamente a un lado en la pared del lado derecho entrando, luego al descartar grupos sanguíneos resultó ser del occiso. El Inspector hizo una pausa y miró en derredor, tenía a todos electrizados, con el sartén agarrado por el mango, prosiguió — Tenemos dos apéndices pilosos procesados por los criminalistas del laboratorio de microanálisis de la sede central en Caracas colectados en el baño de la casa de Montero, ambos son rubios tanto de la cabeza como de los testículos, el Doctor Fuenmayor, es rubio y pareciera que uso el baño para lavarse las manos y orinar, sin embargo sabemos que tenemos que tener el estándar de comparación para hacer una prueba tricológica, morfológica y morfométrica, también tenemos la declaración de la vecina que lo identifica junto a Salgado, porque él, es muy conocido en la Región, también la camilla de masajes de Montero y supuestamente usada para sacarle la sangre, tenía un tornillo salido a media pierna por decir algo, el tornillo tenía sangre, pelos y fibras de un *blue jeans*, quiere decir que allí hay otras evidencias criminalísticas, ya que alguien se cortó y rompió su pantalón accidentalmente. Ahora hablemos un poco de la víctima, parece que para hacerlo hablar que es lo que aparenta el caso lo redujeron y sometieron en una camilla, lo desnudaron para intimidarlo, ciertamente no querían hacerlo sufrir físicamente sino psicológicamente, porque de hecho le administraron vía endovenosa un barbitúrico suave para aletargarlo, realmente no lucharon con él, su cuerpo estaba indemne, es decir no lo tocaron y sabemos que Montero, era un guerrero, pero físicamente muy débil, de baja estatura, fumador y nada deportista, realmente no se resistió en ningún momento. A partir del suministro del barbitúrico, según nos informa toxicología del C.T.P.J., al hombre le colocan todo un instrumental médico para extraerle la sangre, me imagino que con la finalidad de irla sacando e impactarlo psicológicamente y lograr se quiebre de voluntad, eso pueden ser dos cosas, maldad y morbosidad o lo estaban interrogando para enterarse de cuanto sabía, que había hecho y a lo mejor para robarlo de paso. Fíjense que les mencioné que se llevaron el documento original, quiere decir, que cuando habló consiguieron el documento y el libro "Apariciones", ciertamente no había violencia en los archivos, eso nos dice que fueron directo al documento y Salgado, debe haberlo sacado de la gaveta donde dejó las huellas en reverso, porque se ve que los rastros dactilares conseguidos son accidentales, eso significa que usaron guantes y se cuidaron de no dejar huellas porque ni en la camilla se localizó nada, pero a la larga se descuidaron y "la pusieron", como decimos en criollo. El Patólogo, explicó que el cadáver presentaba una data de muerte desde las diez de la noche de ese día, fue una muerte lenta, pero nos aclaró que tenía un cáncer en los pulmones debido al hábito del cigarrillo. ¿Qué cosas? ¿No?, —preguntó Freites, además agregó —que fue un trabajo profesional, eso nos lleva a gente de la medicina obligatoriamente, porque de no haber sido así, con darle unos tiros bastaba o hubiesen usado otros mecanismos. No dejaron rastros de ese procedimiento, luego que allanamos al Hospital y al puesto de enfermeros donde trabaja Pedro Peralta, más conocido como Pedrito, encontramos un instrumental para transfusiones de sangre, desechado y cinco bolsas de sangre, todo tirado en un pipote adyacente al Hospital, pudiendo hacer varias pruebas serológicas sobre ese material que arrojaron resultados positivos y con algunas activaciones especiales sobre las bolsas de sangre se localizó otro juego de huellas dactilares correspondiente a los ciudadanos Pedro Peralta y al Dr. Fuenmayor Fernández , la sangre es compatible con el grupo sanguíneo de Víctor Montero. Lo único que no cuadraba en la declaración de la enfermera, de que la sangre la botaron, pero es justificable esa distorsión, puesto que a lo mejor trataron de botarla y al fin al cabo no lo hicieron totalmente. Cuando hicimos la inspección ocular, activamos la sangre allí vertida y arrojó positiva con relación a Víctor Montero. También en el allanamiento al domicilio, consultorio del Dr. Fuenmayor, conseguimos la máquina de escribir con la que hicieron la lista de jovencitas secuestradas, decomisadas al último grupo de secuestradores. La lista anterior escrita a mano pertenece al Dr. Fuenmayor, por experticia Grafotécnica, pero falta llevarlo personalmente y descartarlo e incriminarlo. De todas maneras, la camioneta en que llegan a la casa del occiso es propiedad del Dr. Fuenmayor, que casualidad, la había reportado como robada.

El Comisario Ríos interrumpió —Inspector ¿cuánto tiempo ha transcurrido entre los secuestros, el robo al banco y el homicidio?

—Comisario —respondió— de los secuestros puedo decir que comenzaron hace dos meses, el robo 20 días y del homicidio tres semanas.

—Entonces, debo reconocer que ha sido un gran trabajo y en poco tiempo. ¡Cuéntame ahora una de vaqueros? ¿De qué nos sirve todo eso si no hay un preso?, no sabemos más nada, ¿Dónde está el cuartel general?, porque entiendo que no capturó a ningún pajarito de estos mencionados por su persona.

—Bueno, a eso iba: de verdad que esta gente ya se había fugado y verdaderamente nos falta ubicar a las jovencitas robadas, doce en total porque dos han sido recuperadas por mis muchachos y mi persona (Como restregándoselas en la Cara al Comisario).

El Comisario Ríos, intervino nuevamente —Indistintamente de esas exiguas miserias, te dejé esa responsabilidad a ti ¿Y ahora me fallas? —gritó, golpeó la mesa de la sala de operaciones— ¡grandioso, caso resuelto! ¡bravo, no joda! ¡Pero qué carajo Freites y elevó más la voz!, ¿Y el golpe final? ¡no basta alardear de ser buen investigador, también hay que hacer justicia y combatir la impunidad. Ya debías haber preparado a todo el grupo y a toda la Comisaría para ese golpe final.

¡Y entonces, bajo la voz! Agregó —Ser buen investigador no solo es guardarse las investigaciones y trabajar sólo, tu pecado y aquí te lo digo delante de todos es no poner a trabajar a todo el mundo. Tú dices que reconoces que yo tenía razón ¡okey! desde un principio yo asocié todos esos casos, pero entonces tú no agarraste las enseñanzas, ¡mi escuela! —

Enfatizó y vociferó muy alto, entonces la pregunta —¿Por qué en este momento no estamos partiendo hacia la montaña para allanar los campamentos y recuperar las jovencitas, capturar a esos asesinos, y conseguir el dinero, las armas y de una vez por todas cortarle las alas a ese monstruo que es "Nueva Vida", para que no siga haciendo daño? si yo fuera tú en este momento, estaríamos partiendo ya, por eso antes dicho no dejo de reconocerte grandes méritos y te hace acreedor a una felicitación escrita Freites, pero yo te voy a decir, es que ustedes están acostumbrados a trabajar puro caliches y a cerrar los casos con actas policiales a trabajar como unas señoritas de oficina para cerrar el mes con una remisión de seis expedientes, pero nada de investigación. Así que espero que esto cambie. ¿Entendido? —¡Si!... —gritaron a la vez todos los pesquisas reunidos allí.

Bueno, así era la cotidianidad policial, dura, aprehensiva, estresante, había muchas presiones de los Jefes, presionaban las víctimas, a veces hasta los delincuentes, la sociedad, las fuerzas vivas, las instituciones, el estado en general, los fiscales del Ministerio Público, los Jueces y pare de contar. Nunca los Jefes estaban satisfechos, siempre exigían más y más, pero por sobre todo las reprimendas del Comisario Ríos, eran un aprendizaje, por eso Freites, no colapsó al contrario pidió al segundo a bordo que era el Jefe de Investigaciones, lo ayudará a convocar una reunión extraordinaria con los cuatro grupo de investigaciones, incluyendo al grupo especial; todo esto a manera de enmendar la plana y seguir los requerimientos del Comisario Ríos. Esta reunión se dio ese día, después de las cinco de la tarde, el Inspector Freites, pidió permiso a los otros cinco Jefes de Grupos de Investigaciones, e instó a los Detectives y Agentes a reunir equipo de montaña para incursionar en una semana, allí sumaron 40 hombres dispuestos a subir en dos grupos, apoyados por la Guardia Nacional, en eso se volvió a aparecer el Comisario Ríos, a Freites casi le da un infarto, esperó un nuevo chaparrón, pero esta vez no fue así, Ríos notificó —confío en que sus mujeres no van a saber nada de esto, misión súper secreta colegas, perdón Freites que me meta, ahora yo tomo el mando y no es por considerarte incapaz ¿Estamos? El Sub Inspector se envalentonó con la actitud de Ríos y le dijo —¡Que va, chévere. — Así me gusta Comisario que nos apoye! —Ríos contestó— ¡Claro!, yo encabezo el segundo grupo que llegará por helicóptero, vamos en el segundo grupo el siguiente personal, la Juez Segunda de Instrucción de la Jurisdicción del

Distrito Federal, el Fiscal del Ministerio Público, Fiscal 15, un personal de 25 hombres del BAE "Brigada de Acciones Especiales", el helicóptero es un UH1 del Ejército, ¡ah! Freites, te acuerdas que mandé a los Agentes Alberto Cavanang Jones y al indio Antonio Pineda, en comisión de servicio para Región Capital en Caracas, ¡bueno! en realidad los infiltré en los campamentos de los choros estos. ¡Ahora si es verdad que Freites, se cayó para atrás, boquiabierto, casi se reía, pero calló por prudencia! Ríos era mejor de lo que él creía, por algo era el Comisario Ríos, continuó por razones de seguridad no les digo donde es el lugar, solo lo sabrán cuando estemos allá actuando, partimos en dos días, todo el mundo a moverse a buscar material, y a descansar, mandé a traer Detectives de Caracas para que manejen las Guardias diarias, que no pueden abandonar, partimos a las seis de la mañana, tengo información diaria y en este momento en el primer campamento hay ocho chicas, serán subidas al segundo campamento donde será el acto central el viernes, habrán cien personas entre comerciantes incautos, invitados especiales y todos los delincuentes solicitados. En el primer campamento subterráneo, cavado en la montaña encontraremos el arsenal, de manera que si damos el golpe rápido recuperamos armas y el dinero que según Cavanang Jones, estará custodiado por cinco matones armados de pistola, en la entrada habrá dos con subametralladoras y una escopeta del calibre 12. La puerta es un peñón que estará en el primer campamento soterrado, ahora en el segundo campamento será donde se celebrará todo el día combates de artes marciales, una misa sincrética y la consabida recolecta entre los presentes.

A pesar que los muchachos han podido salir y llamar de poblaciones vecinas para darnos la información, no sabemos con qué nos vamos a encontrar. La gente del Servicio de Inteligencia de PTJ, les suministrará a los infiltrados, un día antes del día "D" unos radios de comunicaciones, ya que ellos serán de los Guardia de puertas junto a unos delincuentes, ese día darán la información: ellos cuentan que a pesar de todo, la organización no posee adelantos tecnológicos, se supone que va a ser fácil penetrar a los campamentos, aunque sabemos que hay delincuentes adentro muy bien armados y peligrosos, así como esos profesionales que se volvieron locos como seres humanos, pero son inteligentes y lideran, con eso hay que tener cuidado. Tomar esa zona requiere de una operación muy bien ejecutada, está en un tope de colina, en cada entrada hay puertas metálicas, blindadas automáticamente, corren unas piedras gigantescas que pareciesen ser la montaña misma, pero al abrirlas caben los vehículos rústicos. Como los guardianes de una "Nueva Vida" están uniformados de franelillas azules y *blue jeans*, es fácil distinguirlos. Se entra por la playa y por una pica para los rústicos; también se va por la carretera hacia la Colonia Tovar.

Pero esa operación debe ser simultánea. El primer grupo debe estar en tope de colina a las 6 a.m. y someter a los vigilantes cuando abran las puertas como en el primer campamento, ya el helicóptero debe posarse en la cresta de la colina y evacuado los comandos, tanto del BAE como de la Guardia Nacional, el primer grupo, lleva explosivos para volar las puertas, si es necesario volaremos media montaña, no hay situación de rehenes que valga, hay que arrestarlos ya a todos, me cuenta el indio Antonio Pineda, que casi hay cincuenta hombres armados todos delincuentes o exdelincuentes reclutados, hacen ejercicio todos los días y prácticas de tiro, como tienen polígono dentro de la montaña no se escucha afuera en las zonas rurales. Aparentemente eran edificaciones hechas y abandonadas por una universidad para viveros e investigaciones científicas que fueron invadidas por ellos, detrás de nosotros, por carretera estarán la gente de criminalística de Caracas, dispuestas a apoyarnos una vez que penetremos y ejecutemos la operación con éxito. Repito, se expresó Río en voz alta, si ustedes fugan la información tendremos muertos en nuestras filas, de hecho, ni la Guardia Nacional sabe de esta planificación, solo que va de apoyo a una operación.

Después, todo fue calma, faltaban 48 horas para el asalto final, Freites se alegró mucho de ver a Wladimir en el despacho judicial buscándolo y lo invitó a tomarse unos wiskis. Se fueron a Catia La Mar al Rompe Olas y se instalaron en el bar con aire acondicionado, nuevamente escucharon a una banda de jazz como era habitual en ese restaurante, Freites, sintió alivio y comenzó a relajarse. El mesero se acercó, el Sub Inspector ordenó *wiskys* en las rocas y el indio un cubalibre con amargo de Angostura. Brindaron chocando los dos vasos, el mestizo observaba profundamente al amigo policía, lo veía distante y ensimismado en sus pensamientos. Cruzó las piernas alejó un poco la silla metálica de la mesa, casi se volteó para escuchar mejor la música interpretada por un grupo cubano, también se alejó mientras el negro se encontraba con sus pensamientos, pero de repente rompió el silencio y le dijo —Compañero ¿te acuerdas de mi problema?, por el que fui al psicólogo. —¡Hombre claro! este estrés de la policía me tiene mal, me va a sacar del juego del matrimonio, mi esposa me tiene paciencia, ¿Pero hasta cuándo? Algunas veces estoy bien, casi siempre, pero cuando arrecian e imprimen la chola allá adentro, bueno es pa´ cojeé palco…Héctor, deja de ser viril para ser zombi, eso me preocupa mucho. Tranquilízate hombre, calma imagínate en este momento no tengo a Mercedes ni otra mujer, tu siquiera tienes a tu mujercita que te comprende, ya pasará, pero sin embargo vamos a hacer algo, —alegó el amigo— vamos para el psicólogo, a mí me llamó ayer a mi casa, yo le prometí ir mañana, vamos los dos ¿Qué te parece?, —Hizo una mueca de aprobación— ¡Sí, sí, claro que vamos! y volvieron a brindar, en el segundo trago, prudentes tomaron dos más y se marcharon en el vehículo del policía.

Al día siguiente visitaron al Dr. Istúriz, Wladimir se sintió muy bien con la meditación mantra a la que lo sometió, en fin, ya estaba casi curado, después de cinco sesiones con el profesional de la psicología. Su doble personalidad postraumática había desaparecido, Istúriz, descartó todos los mitos e hizo entender a Wladimir, que todo fue producto del impacto psíquico de la explosión, por lo tanto, dejó a un lado la regresión y comenzó a olvidarse de ello.

Luego le correspondió el turno al Sub Inspector del Cuerpo Técnico de Policía Judicial, quien también fue sometido por parte de Istúriz a una meditación mantra, como recurso curativo y así se durmió en manos de un reconocido profesional de La Guaira.

"El Día "D".

Al helicóptero UH1 del Ejército Venezolano, subieron veintidós funcionarios del Cuerpo Técnico de Policía Judicial, todos fueron dotados de: Chalecos antibala, botas militares, fornitura, cantimplora, porta cacerinas, así como su respectiva brújula y por supuesto sus armas de reglamento, incluyendo dos fusiles FAL, cinco sub ametralladoras UZI y quince solamente con pistolas, el helicóptero trasladó el primer grupo, junto a 20 Guardias Nacionales con fusiles FAL comandados por el Teniente Elio Castro Monsalve, del Destacamento Aduanero N° 99 de las

Fuerzas Armadas de Cooperación; hizo dos viajes hasta una playa ubicada a 20 Km. del Aeropuerto Simón Bolívar hacia el Oeste. En el tercer viaje el helicóptero del Ejército capitaneado por el Mayor Iván Suárez y el copiloto Capitán (E) Juancho Pereira, trasladaron La Brigada de Acciones Especiales BAE, en total 20 comandos de asalto. Suavemente se posaron en la playa a las 06:00 horas a.m. descargándose del último grupo de Detectives. Ya la visibilidad era perfecta y total, el helicóptero se elevó casi verticalmente e hizo un vuelo en redondo en un radio de dos Km. El Capitán copiloto Juancho Pereira, tomo el portátil de radio de la PTJ y transmitió a los grupos de tierra —¡Todo se ve normal a la simple observación aérea! —Entendido 100% gato (1) ya comenzamos a buscar las posiciones exactas, manténgase QAP en el Aeropuerto, para cualquier contingencia, cambio. —Enterado —contestaron desde la aeronave— cambio y fuera.

El Comisario Ríos, al mando de la operación, los reunió a todos que permanecieron en cuclillas, oyendo atentamente, incluyendo los 20 Guardias Nacionales, armados es que estaban colaborando con la operación de asalto y rescate.

El líder arengó al numeroso grupo policial y militar, resaltando los objetivos de la misión; con voz poderosa, Se observaba el temple de su personalidad, aunque entrado en años, era de recia contextura, con una estatura de 1,75 cm., de raza caucásica, aún se conservaba delgado debido a su constancia en el gimnasio donde entrenaba permanentemente diferentes disciplinas.

—¡Jóvenes! —gritó Ríos, para impostar su voz hacia el grupo que permanecía en círculo y así luchar contra la fuerte brisa de la playa— Hoy tenemos grandes responsabilidades —agregó— cuidar nuestras vidas, la de nuestros compañeros principalmente y asegurar con éxito la misión, causando el mínimo de bajas al enemigo. Pero no todos los que están allí son eliminables, la mayoría es pueblo incauto, porque fueron estafados trayéndolos aquí por un mito mágico religioso y allá nos encontraremos, hoy es un día especialísimo para quitarle dinero a mucha gente que fuera para allá a cumplir con los rituales que ellos inventaron.

Eso significa que nos conseguiremos con dos tipos de personas, los delincuentes que apoyan la banda que lidera y los usuarios incautos que debe haber unos ochenta. Escogimos entrar por este lado para sorprenderlos, puede ser que nos estén esperando y nos reciban con fuego o explosivos, como puede ser que no. Ustedes han sido seleccionados entre otros por ser los más certeros en tiro de combate y los más hábiles en operaciones especiales, a los Guardias y a los Detectives tengo dos semanas preparándolos en el Comando de la Guardia para eso. Todos saben lo que van a hacer, a los muchachos del Grupo BAE, no necesitamos hablarles así, porque su filosofía es guerra, y su grito es Triunfamos. No quiero masacres ni muertos inocentes. La planeación táctica nos dio a entender que esto es una operación quirúrgica. Hoy tuvimos una deserción y es que el Inspector Héctor Freites, desapareció desde hace 36 horas. No creemos que se unió a los delincuentes, casi imposible dijo Ríos lacónicamente, pero es muy sospechoso. Tenemos varias líneas de acción: penetrar al interior de la montaña, dos frentes, neutralizando a los guardias exteriores, si hay circuito cerrado de televisión neutralizar las cámaras colocándoles tirros. Una segunda línea es capturar a todos los identificados en las fotos. Que, por cierto, ya se encuentran solicitados por el archivo criminal. Si hacen armas contra las comisiones disparen. Eso es una orden, repito: eso es una orden, no vinimos a morir, sino a reivindicar a la sociedad a nuestro pueblo, porque se puede dar el caso que, por exceso de escrúpulos, cuidado de no meterse en problemas o de herir a alguien inocente, el funcionario entonces resulta víctima, porque el delincuente armado no va a ver esos aspectos y ese si es verdad que va a halar el gatillo. La otra línea de acción es rescatar a las jóvenes secuestradas, apartar al público y ordenarles tirarse al suelo y después de todo, el otro grupo de hombres que permanecen con el grupo de criminalistas de Caracas, debe trasladarse hasta aquí para entrevistar y declarar a todos estos testigos. Las personas que se encuentran adentro, pernotaron en la montaña desde anoche, por eso esta gente abrirán las puertas del escondite en la montaña desde las siete, porque otros invitados comenzarán a llegar por tierra para un gran ritual de inauguración de "Nueva Vida" que fue anunciado la semana pasada.

Agarren todos sus brújulas y sus cartas de navegación, por favor. — Ríos, se había colocado el pasamontañas más que todo por el frío mañanero, vestía un uniforme totalmente verde mimetizado, botas negras montañeras no militares, tenía chaleco antibalas como todos, y su fúsil FALN, lo tenía asegurado a su cuerpo a la bandolera, usaba pistola 9mm calibre común pues ordenó igualar el calibre nueve a todos los funcionarios para proveerse con otros a la hora que se les acabaran las municiones, a veces cuando llevan variedad de calibres, por ejemplo: 45, 357, 380 y otros, a la hora de acabarse las municionas en el tiroteo, no hay como suministrar cartuchos por la diversidad. Desde un principio acotó el Comisario, cuando comenzaron a suceder los secuestros, supuse que esto era lo que pasaba por eso dejé a los muchachos hacer la investigación sin informarles de las prácticas de asalto, porque se veía venir esa necesidad, más que todo para que no se fugara la información, por eso cada quien hizo su parte, ahora es el momento de unir todas las piezas. Así que adelante compañeros, nuestro primer objetivo, le vamos a ubicar a 600 mts, sobre el nivel del mar, a 10º, 29'y 58.27", latitud Norte y 67º 10' 26,84'' longitud oeste, a diez Km. del pueblo de Tarma, Sector Rio Arriba, estará a mi cargo con el grupo BAE, que se va adelante conmigo. El segundo grupo buscará el objetivo que se encuentra a 10º 28' 40.57'' de latitud norte, y a 67º 9' 27.52'' longitud oeste a 612 mts. sobre el nivel del mar. Luego que chequeó a todo el mundo, llamó la atención de un último punto: las puertas de esas cuevas se cierran con piedras de la montaña, puede ser que no estén abiertas a esta hora 6:50 hrs. o, no las abran, como puede ser que nos reciban con fuego antes de llegar, sin embargo, arriba ya tenemos cuatro hombres que mandé en motocicletas montañeras. A ellos se les dijo que si no llamaban es porque no había novedad todavía. Cada uno de ustedes tiene radio y equipo de manos libres, no ocupen el canal todos a la vez, cada diez hombres tienen un líder que comanda y da las instrucciones. Ahora revistar las armas con la trompetilla al cielo, los militares y los agentes revistaron las armas hacia arriba, meter la cacerina, ordenó el Comisario, cargar y asegurar.

Acá ordenó el Comisario: los francotiradores, dos cartas más de Ríos que desconocían los funcionarios. —Ustedes se ubicarán tácticamente para cubrir la entrada de sus compañeros, en el primer objetivo y en el segundo respectivamente, (cada uno portaba un fusil M-14 con mira telescópica). Terminó de arengar por quince minutos más. Les recordó que el nerviosismo deja a veces disparos escapados y hasta la muerte accidental de un compañero. Tanto el Detective Goncálvez como el Teniente de la Guardia comandaban el segundo grupo.

Las estrategias estaban planteadas, Ríos ordenó el avance a la Brigada de Acciones Especiales (BAE). Había prestado servicio militar en la Infantería de la Marina, alcanzando el rango de Sargento, también había peleado activamente contra la dictadura, Se incorporó a la PTJ apenas la inauguraron, fue miembro del Grupo Gato y también había sido Jefe de la Brigada de Acciones Especiales, parecía pez en el agua, hasta ordenó a todos ponerse un brazalete estratégico de color azul y verde en el brazo derecho. El paso de los comandos, se observaba regio y admirable, guardando sus distancias, todo el mundo comenzó el ascenso, llevaban pasa montañas negro, nadie llevaba casco de fibra o algo por el estilo, era una misión demasiado ligera, pero mortal, fue practicada muchas veces en el comando de la guardia, y en otras montañas adyacentes de la ciudad, la torpeza de cualquiera podía causar una tragedia negativa para los hombres encargados de esto. La operación fue autorizada por el Ministro de Justicia, el Director de la PTJ y el Ministro de la Defensa. Las botas golpeaban la colina a tomar, de tierra agreste y xerófila, acusaba el peso del primer grupo que pronto los cubrió con una nube de polvo, delatando su presencia Ríos, decidió la conquista de la colina y no irse por la carretera porque sabía que había guardias apostados y los esperarían por arriba, o sea por las picas de tierra donde llegaban los rústicos, luego tendrían que caminar media hora en ascenso y descenso, eso sería fatal y los podían emboscar, ya por radio le habían informado los motorizados de avanzada que habían dejado sus motos en un lugar seguro y ellos se habían ubicado en observación de todo esto. El líder de la PTJ, llevaba también el paso de los comandos y justamente al frente de ellos, pero no dejaba de pensar que Freites, los hubiera traicionado, ¿Por qué precisamente se había ido ante tan importante reto para su carrera?, ¿Fugaría la información?, por eso tomó la decisión de cambiar los planes, días atrás les había dicho a los muchachos que llegarían por la carretera de tierra y luego caminarían y que el helicóptero se posaría en el tope de la colina, pero hoy había hecho todo lo contrario, entró desde la playa hacia arriba reservándose el factor sorpresa; sin embargo aún confiaba en que su operación era secreta y pensaba que exageraba el mismo, así que trato de calmarse y seguir dando el ejemplo a sus hombres. —Águila (1), Águila (1), aquí Tarma (3), —se reportaba uno de los funcionarios de avanzada y observación, —adelante Tarma (3) le copio. —Águila (1) 10 Uranos 5, Urano 35, Urano 22 en Urano 38, —en clave significaba que había 10 hombres del enemigo portando armas cortas y largas apostados en sitios claves de la pica de tierra. Tal como lo intuyó Ríos, que locos eran esos Jefes, pero podía ser que aún no supiera nada y solo era rutina y precaución. —Enterado mantengan posiciones e informe permanentemente. —Entendido Águila (1).

El BAE, se posicionó y esperó como a 100 metros del segundo campamento, que se suponía era donde estaban los líderes de la banda y se iba a llevar a cabo el ritual. En el otro campamento más bajo, ya Goncálvez y el Teniente Castro, habían sometido a dos sujetos, apostados en las puertas con escopetas, pero cuando penetraron a la colina adentro no consiguieron absolutamente nada, era como una cueva vacía parapeteada con bloques de arcilla, totalmente circular con una circunferencia radial de 100 mts. —Comisario no hay nadie —gritó Goncálvez por radio— ni armas ni nada, espero instrucciones. —¡Coño! Goncálvez, te prohíbo que hables sin clave, suban de inmediato a mi posición, estamos como a 500 mts.

—Entendido Jefe como usted ordene. Ríos contuvo el ataque hasta que llegaron los demás. Lo invadió la preocupación y así también lo manifestaron los funcionarios, eso significaba que los estaban esperando, o en el peor de los casos que se hubiesen fugado. Cuando Goncálvez y el Teniente llegaron con su gente, todos se miraron a la cara, se habían levantado el pasa montañas, todo estaba normal en la puerta del primer objetivo, todo era un mar de actividad, unos entraban y otros salían, no había cámaras de televisión, no había tiradores apostados, solo ocho guardias con armas cortas en la cintura. El Comisario entonces dio la orden de avanzar por el flanco derecho al BAE. Con poderosos binoculares habían estudiado toda la zona, sin haber encontrado tiradores apostados ni trampas caza bobos aparentemente. En este objetivo táctico se observaba una gigantesca puerta metálica camuflada con un cartón que simulaba una piedra enorme, pero como la puerta estaba abierta y era oscilante no de rieles, se veía en su parte interior una inscripción vieja que tal vez correspondía a lo que primariamente fue el lugar: Se trataba de unas iniciales de la Universidad Central de Venezuela (UCV), Instituto

Experimental. Al frente había una amplia explanada de aproximadamente 100 mts, de ancho del borde del talud de montaña cuyo camino daba hacia la pica de entrada, igualmente se encontraba una camioneta rústica estacionada al lado izquierdo de la puerta. Al grupo de Goncálvez, menos a los guardias nacionales que se los reservó para esta toma junto al BAE, les ordenó capturar a los guardias apostados en la carretera. El Comisario observó junto al Inspector que comandaba al grupo especial la zona y decididamente saltaron violentamente sobre los vigilantes. Estos encañonados, lanzados al piso con las dos manos enlazadas en la cabeza, las piernas abiertas y desarmados cada uno de su pistola y otras municiones en cacerinas que portaban en los bolsillos, por supuesto no ofrecieron resistencia, debido a la operación sorpresa, lo mismo fue con Goncálvez, a los diez hombres que se encontraban en el camino de tierra se les sometió y fácilmente se les despojó de revólveres, escopetas y pistolas, pero había algo extraño y era que todos tenían porte de armas expedido por el Departamento de Armas y Explosivos del Gobierno. Ahora se le revisaron los pulmones como se habla en el argot policial y casi todos tenían antecedentes penales por diferentes delitos. Las comisiones policiales los agruparon en un costado a todos sentado en el piso, esposados entre sí, vigilados por tres comandos y tres guardias. Despejadas totalmente las entradas, les decomisaron los radios de comunicación y se designó a un detenido para que informara al interior que no había novedad. — ¡Recuerden!, —era Ríos en voz muy alta casi gritado al contingente armado— buscamos armas largas y cortas, para comparar proyectiles disparados en el robo al banco, aquí está la orden de allanamiento, lamentablemente no vino el juez ni el fiscal, buscamos otras evidencias de interés criminalístico, como documentos históricos atinentes al evento que se celebra, en fin, mucho cuidado que allá adentro hay gente inocente, pero buscamos a cuatro personas plenamente identificadas en el homicidio de Víctor Montero y el arresto de un hombre negro muy alto que usa un gran Cristo en el pecho, incriminado tanto en el homicidio de Montero como en el robo del banco; las demás personas pertenecientes a las bandas que están involucradas en secuestro de jóvenes serán descartadas entre estos detenidos y otros adentro que pueden ser peligrosos, procederemos con cautela. No sabemos que hay adentro, además desconocemos donde están los funcionarios nuestros infiltrados aquí y buscamos a Héctor Freites y al ciudadano Wladimir Romero, que desaparecieron hace 36 horas y pueden estar secuestrados ¿okey?, —interrogó con la mirada, por si acaso alguien objetaría algo, pero realmente todos estaban conformes.

Seguidamente eligieron a un hombre que cuando llegaron hace veinte minutos, fungía de Jefe del grupo. —A ver —dice Goncálvez— te llamas, a ver… esta cédula de identidad… Martín Acero, ¡Verga! Tú eres "Mano de hierro", ¡carajo! ¡Menos mal que estas esposado!, tú eres el delincuente de la mano de hierro, robaste un blindado en Caraballeda y mataste dos guardianes del blindado con las manos. —¡Epa! ¡epa! Goncálvez ¿que pasa?… no tenemos todo el día. Apúrate ¡carajo! esto que vamos a hacer es muy delicado, después le agregas todo lo que debe a la Justicia, ¡apúrate con él, carajo! —le ordenó el comisario Ríos preocupado, por los segundos en contra del éxito de la operación—. Muévelo mano de hierro, —apresuró Goncálvez al delincuente— ponte de pie y sé que se te dificulta caminar con las esposas que te pasan por las bolas en medio de las dos piernas, pero mijo muévete. Y lo puso a caminar como él podía, agachado lo hizo atravesar la calle hasta el borde del talud casi cuatrocientos metros de barranco y piedras. Lo agarró por el cuello, y le dijo —Martín Acero, apodado mano de hierro, nada me cuesta con bajar a quitarte las esposas después de muerto allá abajo ¿okey? El hombre con cara de tigre y cojonuo de bravo, le contestó —Usted se equivoca no soy quien dice que soy —sin pestañar y si quiere láceme. —¡No! ¡no!, no es porque seas quien seas es que quiero que nos digas que hay adentro. ¿Qué trampa nos tienen, donde están ubicados los guardias y los jefes?, ¿Dónde están las armas largas?, te empujo hacia abajo cuando cuente tres, le puso el pie derecho y lo comenzó a empujar, Ríos le replicó a Goncálvez, —mira mijo vista con ese carajo es sumamente peligroso— pero eso fue toda la advertencia.

El preso que pasaba las esposas por la ingle una mano por los glúteos y otra por delante, habilidosamente acercó las esposas al pie izquierdo, ósea se sacó las esposas de la posición que tenía, de inmediato saltó y agarró a Goncálvez por el cuello con la cadena que vincula la esposa izquierda con la derecha y aprovechó la situación para colocársele por detrás lo haló hacia abajo haciéndolo arrodillarse. Goncálvez no pudo maniobrar la sub ametralladora, claro estaba impedido y estrangulado, el Detective, del tiro soltó el arma, pero logró moverse hacia un lado del hombre agarrarlo por la correa en la espalda y se levantó debido a su corpulencia y a pesar del estrangulamiento, logró poner al sujeto sobre su cadera derecha y lo proyectó contra el piso, eso sí solo lo podía hacer alguien diestro y muy fuerte púes el Mano de Hierro también era un hombre de un metro ochenta y cinco con casi 90 kilos de peso, Goncálvez, casi se desnuca porque por supuesto también cayó encima de él, debido a esa perfecta técnica de judo ejecutada, gracias a que el Detective gigantón de 1.95 de estatura, fue campeón nacional semipesado de esa disciplina; sin embargo, no había que cantar victoria todavía si nos ponemos del lado de los buenos, el mano de hierro aún aprisionaba a Goncálvez con la cadena. No era fácil zafarse definitivamente y este aprovechó su posición para apretar más y más la cadena. El Detective no podía quitarse la estrangulación ni podía romperla con las manos puesto que Acero quién quedó debajo del detective estaba prácticamente maniatado con esas esposas, luego Goncálvez, casi desfalleciendo le clavó el codo en la epiglotis en plena nuca mañas de yudoca y presionó de manera diabólica, eso ocasionó que el sujeto aflojará la presión por su parte, todo giraba alrededor del Detective que casi se veía morado de la sangre agolpada en la cabeza, sus compañeros estaban dispuestos a tirotear al delincuente, pero no podían hacerlo, él estaba de por medio, pero como una lucha ya sacaba la mejor parte aún permanecía arriba del hombre, seguidamente lo rodeó con su brazo derecho por delante del cuello y le aplicó una estranguladora invertida, perdiendo el conocimiento Acero. Ríos que estaba al lado dispuesto a golpear al hombre para que lo soltara, lo agarró por las axilas y entre todos lo levantaron y colocaron en las faldas del cerro creyéndolo muerto, pero cuando comprobaron que vivía lo amarraron con cuerdas de nylon para rapel. Todos rieron luego del susto, pero a su vez celebraron, el Inspector Pedro Sotillo, Jefe del BAE, se acercó a mano de hierro ya consiente y le dijo — Te pregunto solo una vez lo mismo que te preguntó él, ¿entiendes tu situación? ¡ya no vales nada! y señaló a Goncálvez acariciando a su vez el fusil steller con la trompetilla del mismo en la cara del preso, sonriendo burlonamente. ¡Si escuchen! todos los policías se acercaron y el hombre atemorizado cantó como un pajarito —En la entrada hay dos cámaras de televisión de circuito cerrado que dan a dos pantallas que graban, las vigila un hombre y este avisa por un sistema de comunicaciones de manos libres, de cualquier cosa a Kracatoa, un negro mandinga que es el Jefe que esta hoy, tiene un crucifijo grande en el pecho y es quien dirige la ceremonia debajo de su sotana, tiene dos pistolas 45 montadas listas para disparar. A mano derecha, caminando por detrás se llega a donde está él, siempre parado vigilando y dirigiendo todo, pero si siguen más allá, —y en ese momento fingió desvanecerse, entonces Sotillo, afincó el cañón del fusil con mucha fuerza en la pata de la oreja y le causó mucho dolor, y le dijo— ¡No! no tienes tiempo para morirte ahora termina y te salvas aquí mismo. —¿Okey? ¡Sí!, si, siguen caminando en redondo por las barandas se van a conseguir con más escaleras que en la entrada tiene una luz roja, después hacia abajo está un gran depósito, allí están las armas y las municiones. También hay otras cosas. —¿Cómo qué? —Preguntó Ríos. —No sé, a mí no me permiten entrar. —¿Cuántos hombres hay adentro haciendo labores de seguridad? —Veinte, —contestó mano de hierro— pero ahorita están todos uniformados según el rito que se está efectuando, en este momento visten como Kracatoa, bata amarilla brillante y a la mitad desde el cuello hasta los pies una franja negra, pero al comienzo en el pecho una calavera blanca, todos están firmes alineados detrás de todo el mundo. Delante de ellos hay 150 personas que asisten al rito, están sentadas en sillas alineadas unas detrás de otras, y en el centro, pero en el pasillo circular trasero una escalera que asciende hacia una oficina, unos baños múltiples y los dormitorios, ¡No más! —Argumentó mano de hierro que dejó de sentir la presión del cañón.

Ríos tomó la batuta nuevamente y ordenó la custodia de estos. —¡Que sean unos Guardias Nacionales los que los vigilen! Con el resto: ¡Oído!... —Vociferó con voz grave y terrible Ríos— ¡De frente mar! —Y con el BAE al frente apoyados tácticamente por la Guardia Nacional y seguidos por otro grupo de detectives penetraron a paso veloz, según la estrategia adoptada, cayeron sobre todos los vigilantes uniformados en el área y de manera certera e impecable sometieron y desarmaron a todos absolutamente, simultáneamente otros tres comandos fueron llegando sigilosamente detrás del líder que aún comandaba a los delincuentes y dirigía la ceremonia. Ya el hombre sumamente alto y fornido, había advertido los movimientos estratégicos policiales. Pareciese que internamente estaba convencido del fin de su rol o entendió que ante tal despliegue policial no tenía alternativas posibles, por eso no accionó sus armas contra ellos, podría presumirse que quería preservar el orden y su imagen ante el público, más bien permaneció impasible, en silencio y montado en el mueble usado por el maestro de ceremonia desde donde continuó dirigiendo. Las operaciones de policía son técnicas estudiadas y tomadas de las máximas de experiencia, la operatividad indica que el proceder humano es impredecible, cada uno de los hombres comprometidos en una misión tan delicada como esta, sabe que ni su arma es realmente una seguridad para cuidar la vida, sino su estado de alerta, su habilidad física, su desempeño cognitivo y su velocidad mental, ya que el policía planifica y el delincuente contra planifica. Por eso nunca se sabe cómo una persona que va a ser aprehendida por lo que sea, pueda reaccionar, facilitando el arresto o resistiéndose. Este fue el caso del delincuente apodado el Kracatoa, un hombre emblemático en la organización. Veterano de mil atracos a entidades bancarias, con delitos tan terribles como homicidios a granel se le puede decir así a varias masacres de otros delincuentes y policías. Comenzó sus andanzas en el Barrio San Agustín, sus primeros delitos infantiles fueron lesiones a menores e incendios al cuerpo humano propinada a sus enemigos de las bandas de menores en la calle. Los delincuentes Contratados para "Nueva Vida", le temían y lo respetaban. Parece que, al llegar a los dieciocho años, tuvo un dejo de responsabilidad y le dedicó ocho años a la lucha libre por su extraordinaria estatura y corpulencia. A todas estas los tres comandos que asumieron la responsabilidad de someterlo llegaron hasta él rampando detrás del pódium, estaban vestidos de negro y eso los ayudó con el factor sorpresa, pero como tantas veces ha sucedido que procuran el arresto de una persona, esta saca fuerzas sobrehumanas y confronta violentamente a la comisión, eso dicho crudamente es el ABC de la historia diaria de las policías. Por lo tanto saltaron sobre Kracatoa, que los esperaba por delante y quién se encontraba en el mueble parecido a un púlpito. Un funcionario del BAE se le prendió del cuello y a pesar del tamaño y su extraordinaria humanidad logró tumbarlo a más de 2.80 mts, de altura, pero cayendo de espaldas y debajo del enorme cuerpo, Kracatoa lo golpeó con la cabeza y le fracturó el tabique nasal, este funcionario perdió el conocimiento. El gigantón también quedó atontado, momento que aprovecharon los otros dos comandos para desarmarlo de sus dos pistolas calibre 45 que portaba a ambos lados de sus caderas en sendas fundas. De inmediato cinco Guardias Nacionales, irrumpieron para dominarlo cuando el delincuente se levantaba del piso, este al momento reaccionó tomando a un guardia por el cuello y lanzándolo contra una pared adyacente cayendo también con el FAL, sujetado a su cuerpo gracias al portafusil. Entonces los uniformados restantes la emprendieron a culatazo limpio contra él, se dice en criollo que costó Dios y su ayuda para neutralizarlo. De allí lo sacaron en una camilla por los culatazos recibidos, para un hospital junto a los funcionarios lesionados. A otros sujetos de seguridad que no habían sido detectados se les sometió y desarmó. Después Ríos, Sotillo, Goncálvez, Jorge Zambrano y el Teniente de la Guardia Nacional se quedaron comentando que el público ni se dio cuenta de la aprehensión del sujeto apodado el Kracatoa, solo concluyeron que se debía a que todo ocurrió por detrás del escenario, pues el sitio elevado como un pulpito estaba pegado a unas cortinas que impedían la visibilidad de la gente, también que a estas personas le estaban sirviendo algún tipo de drogas que los mantenía muy relajados. Pero luego siguieron observando boquiabiertos. El escenario gigantesco parecía un estudio de televisión, multicolor con luces fluctuantes, relampagueantes y titilantes, estelas rutilantes, vertiginosas y coloridas se entremezclaban con el humo producido por el hielo seco; de todas maneras Ríos giró instrucciones a Goncálvez, exigiéndole interrogar a todos, pero principalmente a Kracatoa, antes de trasladarlo por atención médica. Necesitan saber la ubicación de los presuntos indiciados en la comisión del robo al banco, del secuestro de las chicas y del homicidio de Víctor Montero; sin embargo Ríos, al no ver a esa gente en el ritual y teniendo otra carta bajo la manga terminó indicándole a Jorge Zambrano, que llamara por radio a la comisión que estaba en el Aeropuerto Internacional de Maiquetía, en los hangares y que procedieran a ejercer la búsqueda de los ciudadanos: Fuenmayor Fernández, Argimiro Meléndez, Marino Vergara, Martín Salgado y Pedro Peralta , ya que ellos no se encontraron en el lugar del allanamientos. Por lo tanto, el Jefe de la Comisaría del Cuerpo Técnico de Policía Judicial de La Guaira, presumía que estos hombres en caso de una fuga de información se iban hacia el exterior específicamente hacia Aruba para eludir la acción de la justicia, eso precisamente ya lo había previsto Ríos.

Goncálvez, Ríos, el Teniente y Jorge Zambrano, comenzaron a partirse la cabeza para accionar en este espacio lleno de gente, casi 150 personas deliraban y parecían hipnotizados ante el espectáculo que tenían frente a sus ojos, no obstante habían actuado en delitos de flagrancia por los portes ilícitos de armas, sin embargo decidieron actuar de acuerdo al Código de Enjuiciamiento Criminal haciendo uso de la orden de allanamiento. A tales efectos, arrancaron virtualmente de sus asientos a cuatro asistentes al acto y llevados afuera por Goncálvez para ser juramentados como testigos por el procedimiento establecido, una vez leído los aspectos formales de la orden de visita domiciliaria emanada del Juzgado Décimo de instrucción de la Circunscripción Judicial de La Guaira, Municipio Vargas y del Distrito Federal. Dicho procedimiento le fue leído a Kracatoa y a cuarenta vigilantes presos más. Ríos, Zambrano y el Teniente observaban el espectáculo, notaron que en el puesto muy elevado de Kracatoa, casi parecido al pulpito de la iglesia, ya había sido tomado por otro sujeto de piel negra, con la misma batola y otro gran crucifijo, pero lo que más les heló la sangre en las venas es que al fondo se encontraba pintado su cuerpo de dorado cuan largo era y totalmente desnudo con los brazos y piernas abiertas como un cristo, cuan largo era un metro noventa, era el Catire Alberto Cavanang Jones, sobre una mesa inclinado 60° en forma de cruz, entre los cambios de luces notaron al Indio Antonio Pineda vestido con guayuco, la cara pintada y terciada entre el pecho y la espalda, arco y flechas, ante tres Indios más que sostenían el cuerpo de una muchacha morena en forma horizontal, también totalmente desnuda. Pero el impacto emocional mayor lo sufrieron cuando de lado izquierdo montado en un pedestal redondo de madera pulida ataviado como un gran guerrero Tarma con un letrero que decía Preprocunate, cacique maquillado de forma impresionante y más cuando los reflectores pasaban por su cuerpo, emergía fantásticamente la figura de Wladimir Romero, pero a mano derecha en otro pedestal igual estaba Héctor Freites, maquillado como un guerrero africano de color negro, alto de la etnia watusi, por lo menos los funcionarios se hacían cruces persignándose, tratando de convencerse de que si eran los muchachos, o tal vez se parecían. Ríos, más sabio que todos de una mentalidad aguda, visionario, con una conducta psicológica diferente a todo el mundo, pues todo lo intuía y preconizada sin equivocarse y de paso entendía todas las cosas que ocurrían a su alrededor con más velocidad mental que cualquiera, fue condecorado muchas veces en la Institución por casos resueltos, definitivamente se peleaba la cantidad de Cangrejos de Oro ganados con

Prieto, Bolívar y Florencio y otros ilustres investigadores de la institución policial, el Cangrejo de Oro, era un premio al caso más complicado resuelto, todos los años había concurso de Cangrejo de Bronce, Plata y Oro en la PTJ, instituido este cuando estaba en la Dirección del Cuerpo Juan Martín Echeverría.

Miró a los otros funcionarios con firmeza como confirmándoles que efectivamente si eran ellos, asunto que percibieron en su totalidad, dejándoles prácticamente desorientados, descorazonados, impresionados, el Teniente de Las Fuerzas Armadas de Cooperación se preguntaba que como podían estar estos cuatro funcionarios con el hampa organizada, pero Ríos le salió al paso —Están hipnotizados y bajo efecto de barbitúricos, seguro que los captaron antes y los sometieron a una terapia, fíjense ese señor que ahora preside por Kracatoa, es el Dr. Istúriz, Psicólogo y Psicoanalista de ambos y ahora que recuerdo Freites y Wladimir, fueron citados por Istúriz hace dos días, y a partir de ese momento desaparecieron, seguro que los hipnotizaron y luego los trajeron para acá, por eso no creo que ellos hayan desertado hacia el enemigo, lo cierto es que ahora todo se complica, pero no podemos parar esta ceremonia, todos aquí son inocentes, los choros los tenemos allá afuera y ahora meteremos al Dr. Istúriz para descartarlo o inculparlo de acuerdo a su posible responsabilidad, luego rescataremos a las morenas secuestradas y nos llevaremos a nuestros funcionarios, mientras revisamos el lugar en búsqueda de rastros de interés criminalístico. El gran problema de ser profesional y poseer conocimientos universitarios es que todo lo escribes y planificas, realmente fue una caída muy estrepitosa para el grupo delincuencial de estos casos, cuando los funcionarios terminaron de revisar los tres pisos, bien construidos dentro de la montaña donde dicho sea de paso, consiguieron hasta filmaciones del robo del banco, cuando se quitaron las capuchas y se reunieron con el primer grupo que atacó al blindado, de algunos entrenamientos en las montañas y de su juramento a la logia "Nueva Vida", igual consiguieron las armas usadas en los diferentes hechos delictivos, largas y cortas, municiones, las bolsas del dinero y algunos billetes; así como toda la planificación criminal y quienes estaban comprometidos hasta en los secuestros, del homicidio no había nada, pero el desarrollo del evento que fue observado por los funcionarios líderes del asalto, resolvió los enigmas que estaban pendientes.

El Dr. Istúriz, con un mano libre que le bajaba por la mejilla derecha. Habló y retumbó en el área gigantesca y redonda, debido a las enormes cornetas instaladas y estratégicamente camufladas. El Rictus de su cara, semejaba una transportación espiritual, allí se silenciaron los cinco chímbageles o tambores cónicos con tensión de cuñas laterales, con calaveras cruzadas por un par de huesos. Estos fueron tocados furiosamente por cinco negros semidesnudos.

—¡Dios Sol! ¡Diosa luna! ¡Oh! ¡Oh! —Gritó con voz asmática, parecía que iba a morir, sus ojos se fueron hacia lo alto, solo se veía el blanco y él se veía más negro.

Su voz gangosa con ecos de ultratumba.

—¡Alabado sea Dios! y la virgen de Candelaria —volvió a retumbar la voz, regresando a la normalidad— Yavé, Changó y el Sol, Gran Trinidad del Universo. Entonces sonaron los tambores rabiosamente. Apareció un gran letrero, Pinga y Birongo, luego un falo y un acto de brujería, eran letras superpuestas con proyecciones electrónicas cuyo significado de Pinga en Africano, es el miembro viril y birongo significa brujería, luego se oyó un coro de mujeres y hombres quiri-quiré, zamba toel, ololo, olole, sango rongomo, aló-ojeje y proyectado apareció San Benito, continuó el maestro de ceremonia y a la vez el orador: —En 1772, apareció la Virgen de la Candelaria en Tarma y le entregó a un nativo este madero, (y procedió a levantarlo), estaba pintado en oro; la inscripción al ser descifrada por Arqueólogos, Teólogos e Historiadores, planteaba la necesidad de fusionar las tres religiones en una sola híbrida en esa Región para evitar una gran catástrofe más o menos para los años 1999. Todo comenzará en un voraz incendio con la aparición de los restos del Cacique Prepocunate, muerto en combate contra los españoles". —Hizo un alto, respiró profundo y luego continuó su oratoria seudo religiosa— ¡Aparecieron unos restos en el incendio de Tacoa, los del Cacique —¡entonces comenzó a gritar— ¡La señal, La señal! ha llegado el momento, estamos en 1983 esta Logia "Nueva Vida", fiel a Dios Nuestro Señor, esta fusionando los rituales para la salvación de La Guaira de la destrucción total, si nosotros continuamos los rituales la destrucción solo será parcial en 1999. ¡Hay un solo Dios hay que unir a todas las religiones!

—¡Les presento al Cacique Prepocunate! —Nuevamente arreciaron los tambores, los presentes invitados unos 80 empresarios de La Guaira, miraban con asombro la figura de Wladimir Romero, bombardeado de luces de todos colores, el tiempo desapareció y los corazones del neófito palpitaron al compás de los ritmos afroamericanos que se metían por dentro, en ese momento salieron dos jovencitas totalmente desnudas a bailar, eso encendió la lujuria de los hombres a quienes previamente les habían suministrado un barbitúrico en la bebida, eso los apendejió más y ahora gritaban de euforia. Una cintura de ébano como movimientos de serpiente, un ombligo abierto como una rosita pintada de blanco, marcaba el impacto de frenesí de las bailarinas. Espíritu, talento, sangre y sexo, abofeteaban al expectante de la celestial cadera hacia abajo, las curvaturas asimétricas y perfectamente redondas de un par de glúteos féminas delineados por un semi arco negro que convergía en la línea del sexo posterior, con sus afluentes tributarios, dulces y epilépticos bajo presión.

De repente, el tambor machaca más fuerte el ritmo y se pierde la visión asimétrica, las nalgas de la morena vertiginosamente desaparecen en la vibración erótica y coreográfica. —El cuerpo humano, la creación máxima de Dios, en el paroxismo de los sentidos no constituye pecado desearlo y admirarlo. Las vírgenes se representan Bellas, la mujer es el milagro de Dios, eso hay que respetarlo—. Habló con fuerza el Maestro de Ceremonia. Otras dos hembras se contorneaban voluptuosamente mientras se reflejaban las palabras de origen africano pinga y birongo; de 150 personas asistentes, 80 eran invitados y los demás eran técnicos en iluminación de espectáculos, bailarines, maquilladores, meseras, cocineras y personal de mantenimiento. Todos los de seguridad estaban presos, faltaban por aprehender los operadores del circuito cerrado y ahora que surgió la figura del Dr. Istúriz, así como los tres petejotas y Wladimir Romero. Entre las bailarinas se confirmó posteriormente que de las doce secuestradas, solo había seis nada más, faltaban seis ¿Dónde estarían las otras? Luego aparecieron otras bailarinas aparentando hacer el amor con cuatro bailarines, pero solamente simulación dinámica y coreográfica, de inmediato entraron en escena otras dos jóvenes de tez blanca, su cuerpo semi desnudo y hermoso, denotó la delicadeza del equipo que preparó todo, para cubrir sin hastío los gustos del público. Los hombres vestían guayuco y las mujeres apenas un hilo sin corpiño, era una combinación de bailes exóticos con la figuración del acto sexual, después cambió el espectáculo, un bailarín indígena y una morena semidesnuda en guayuco, ambos se tomaban de la mano, la música cambió, solo se oía un lamento indio con flauta; a decir verdad, muy a lo peruano, pero definitivamente cautivador, ambos lograron el éxtasis solo acariciándose bajo un ambiente semi oscuro y silbón. Después retirados estos, proyectaron el sincretismo mágico religioso católico español, entre los oriundos Caribes y Tarmas, así como los negros, y seguidamente el nombre de San Antonio, San Benito y Santa Bárbara, el juego de luces, las proyecciones de cine y lo efectos especiales se fusionaron para crear impactos atolondrados y excitantes, nunca dejaban de tocar los tambores y las tres jóvenes desnudas de bailar al compás de la exaltación de los presentes. De repente emergieron de un sótano con la escena central, con las sillas que estaban dispuestas en 180° alrededor del escenario, varios caciques y piaches fumando tabaco y danzando, invocando dioses con voces graves y no más música que las que salían de sus gargantas, habían cesado los tambores para dar paso al rito fusionado, irrumpieron con fuerza inusitada y perseguidos por los tambores culo e puya, con las fotos de San Antonio y San Benito. En medio de las densas nieblas provocadas por el hielo seco, surgieron de los sótanos fuertes olores agrestes de frutas y al disiparse la niebla ya había armado un gran altar con un sagrario, un crucifijo gigante y Cáliz en la mesa, unos negros le bailaban a San Benito con las negras voluptuosas y desnudas, el sacerdote rociándoles supuestamente agua bendita e incienso, impartiendo bendiciones con la mano izquierda. Corrían 30 minutos del espectáculo cuando los meseros repartieron un segundo brindis a los emocionados empresarios, entonces dos guerreros africanos entablaron feroces combates con armas, desplazando a todo el mundo del escenario, un negro mandinga atacaba con vara larga, otro hombre gigantesco que portaba defensivamente la misma arma con el pecho desnudo vistiendo prendas del África Salvaje, comenzaron estos impresionantes atletas a dar vueltas buscando buenas estrategias que los mantuviera en situación favorable de ataque y a la vez fuera del alcance enemigo, todo un show, las varas hicieron esgrima arriba en los costados abajo, los actores hacían un barrido con la vara para golpear las piernas y desestabilizar, pero inmediatamente el otro saltaba y la vara pasaba limpiamente, así vimos otro espectáculo muy llamativo; desaparecido de la escena el segmento africano le tocó dar la cara a Wladimir Romero, quien aflojó su rígida posición asumida desde el principio, con sus poderosos músculos al aire con un guayuco puesto y pintado de dorado, luego agachándose en medio de la niebla producida por el hielo seco, logró hacerse de una macana y una lanza, una rosa de montaña lucía su lisa cabellera y el Maestro de ceremonia anunció —El Cacique Preprocunate", gloria de los Tarma, terror de los invasores españoles". En seguida hizo acto de presencia un gigantón caucásico, tipo europeo con atuendos militares españoles a la usanza de la época del colonialismo. Este manejaba una espada larga y ancha, muy pesada, similar a las usadas en las guerras contra los Moros, no era la que usaron en la conquista, que era más fina y ligera debido a la adecuación de las armas existentes en el parque nativo. Llamó la atención las destrezas de Wladimir Romero, al defenderse y atacar, lo observamos con movimientos felinos, sus gestos, sus tácticas del combate de esa categoría hicieron ver una verdadera rencarnación del cacique en este hombre del siglo XX, lucharon a brazo partido, parecía real, el toma y dame fue verdaderamente un ritmo y danza de la muerte, de alcanzar Wladimir al hombre con la macana, la muerte por traumatismo hubiese sido irremediable, ahora si entendíamos porque escogieron una espada tan pesada y gruesa, total el hombre que la sostenía tenía suficiente envergadura muscular, esta vez solo era una representación, el indígena con su lanza logró tumbar de la mano del español la espada y allí terminó el combate. Las ovaciones no se hicieron esperar. El Maestro de Ceremonia se hizo de un discurso ensalzando nuestras luchas independentistas, gracias a los precursores Tarmas y Caribes. Después fusionó lo mágico religioso en una dialéctica que sonaba a lavado de cerebro, buscando la adhesión de los presentes mediante la convicción de seguir viniendo para lograr riquezas grandes, negocios y buena salud mediante un empleo a fondo de nuestras potencialidades espirituales evidenciadas en el ritual que a continuación se llevó a cabo. Un coro de señoras negras interpretando un *Gospel* norteamericano y con sus togas puestas le cambió el sentido a la ceremonia. El Dr. Istúriz, sabía que sostener un escenario tan cargado de antigüedad y racionalismo, no podía calar tanto entre los asistentes, que solo eran empresarios de La Guaira, donde una buena parte de ellos provenían de Europa. Total, todo el espectáculo fue calculado 100%, buscando refrescar las dos horas de trabajo. La letra de la música fue en castellano y aludía al eslogan de "Nueva Vida" o una nueva filosofía de vida, para procurar el progreso y la felicidad, en medio de los cambios sociales. Luego apareció nuevamente el altar, el supuesto sacerdote simuló hacer una misa con una corte de ayudantes indígenas, mezclando danzas invocando al sol y la luna, al son de los tambores originarios africanos, otro baile a San Benito, mientras el sacerdote bendecía y llenaba la sala de incienso al ritmo del incontrolable frenesí de las parejas que se alimentaban de la percusión intrasíquica que producía el tambor, lo demás fue orar entre tres personajes, el cura, un negro, un indio, un mestizo y un zambo. Leían en algún idioma, solo ellos lo sabían, estamos claros que pedían por la salvación de La Guaira, de algún deslave natural, o evento catastrófico, solo la ficción y la estafa que demostró ser todo este sincretismo religioso, pudo aflorar de todas maneras, toda una lectura atinente a la antropología cultural, de como un pueblo conserva unas bellas costumbres y sus creencias religiosas, así sean manipuladas en provecho económico injusto y en beneficio propio o de terceros.

El acto finalizó, con el compromiso de continuar en cinco semanas prometiendo ir fortaleciendo el movimiento ideológico, religioso, en beneficio de la colectividad de La Guaira. Los funcionarios se miraban las caras. Ríos ordenó la aprehensión de: el Doctor Istúriz, antes de que comenzaran a recoger el diezmo, que según Kracatoa, había advertido era sumamente alto, pero ya la organización había recabado dinero semanas antes, exigiéndoselo a los empresarios para permitir la asistencia al acto. También fueron detenidos: Wladimir Romero, Héctor Freites y los otros dos funcionarios, así como se efectuó el rescate de cuatro jóvenes secuestradas, fueron identificando a todas las que salían librándoles boletas de citación para que asistieran a rendir declaraciones. Consideraron que no deberían llevar tanta gente detenida y les dieron libertad y citación a quince de los cuarenta guardianes. Muchos de los trabajadores del espectáculo, se demostró que eran colaboradores reclutados conversos inclusive lo hacían sin percibir salario alguno.

La organización "Nueva Vida" había previsto tres autobuses que esperaban a los asistentes para trasladarlos a La Guaira, pero parecía que "Nueva Vida", nació ese día y murió horas más tarde, porque sus mentores fueron apresados todos entre la montaña y en el aeropuerto local, abordando una avioneta que los llevaría a Aruba, donde ya habían vendido a ocho de las jovencitas secuestradas. Entre los apresados en el aeropuerto, se encontraban el historiador, el Médico Fuenmayor Fernández y su novio el enfermero, todos confesaron ser los líderes del movimiento "Nueva Vida", que fue una organización más, para ocultar los delitos que se habían cometido y otros que estaban planificados, organizados entre todos como si fuera una sociedad, así fue en el secuestro de jovencitas, el robo al banco, el homicidio de Víctor Montero y la falsificación de documentos eclesiásticos, así como la muy cuestionable asistencia al ritual de la montaña donde a cada uno de los ochenta comerciantes les cobraron mucho dinero que por supuesto era una estafa, pero tomando en cuenta que el país hay libertad de cultos, no hay nada que se pueda hacer; hay un dicho popular que dice que todos los días sale un pendejo a la calle que cae en manos de un estafador y le quitan real por incauto.

Con el caso de los tres funcionarios se comprobó que el Dr. Istúriz, también era cómplice, fue acusado por el secuestro de los tres funcionarios y de Wladimir, así como de haberlos drogado. A los funcionarios de la PTJ, a Héctor Freites y a Wladimir Romero, los hipnotizó y les suministró un barbitúrico, por eso le sacaron la información a Héctor Freites en contra de su voluntad y estos delincuentes se fugaron antes del operativo, con todo el dinero en efectivo que les quedaba de los desmanes que habían hecho, solo que no contaban que el Comisario Ríos, también planificaba sus operaciones muy inteligentemente. Por lo tanto, Freites y Romero demostraron su inocencia, se incorporaron nuevamente a la vida cotidiana. Freites, fue ascendido y condecorado por méritos extraordinarios al igual que Ríos. Así como los demás Agentes y Detectives participantes, incluyendo a los Guardias Nacionales, los cuales fueron condecorados por la Cámara Municipal de La Guaira.

Interpol ubicó a las muchachas en Aruba y las Autoridades Arubeñas las repatriaron hacia Venezuela; dos días después el Comisario General Eleazar Cuotto Rendón, representando a la directiva del Cuerpo Técnico de Policía Judicial, conjuntamente con el Comisario Ríos y todos los funcionarios actuantes en la sede central en Caracas, dieron una rueda de prensa anunciando la resolución de los casos y asegurando la misión del Cuerpo en beneficio de la colectividad de La Guaira.

En el sector Playa La Zorra, en un restaurante hermoso, diseñado con gran sentimiento venezolanista, por la excelente decoración vegetal lograda, mezclada con motivos marinos, salvavidas, faros de orientación nocturna, enormes cadenas unidas a un ancla, botes salvavidas y unas peceras con cualquier cantidad de especies marinas, fue el lugar de reunión de los Detectives Goncálvez, Cavanag Jones, Pineda, Zambrano, así como el Comisario Ríos, el ahora Inspector recién ascendido Héctor Freites, Wladimir Romero y el Historiador apodado el Portugués.

El viento frío de la noche se colaba por las paredes medias del lugar, había otro sector del mismo negocio con aire acondicionado, pero los muchachos prefirieron el ambiente natural. Al fondo como un concierto en vivo, el ir y venir de las olas en una deliciosa sensación de frescura, tranquilizaba cualquier inquieto corazón invadido por el duro batallar cotidiano.

El Teniente Elio Castro Monsalve, venía trajeado con el uniforme verde de gala de la Guardia Nacional, con sus dorados botones, el Escudo Nacional y sus zapatos bruñidos, parecía recién graduado de Sub Teniente en la EFOFAC, por lo extremadamente acicalado con su camisa de caqui y corbata negra, luciendo un impecable Kepí con la redonda cucarda amarilla, azul y rojo que representaba los colores de la Bandera Nacional, sobre su afeitada cabeza que por cierto rápidamente se quitó la gorra por ser un sitio cerrado según la normativa militar. Caminó lentamente dentro del restaurante mirando de lado a lado, hasta que divisó al grupo. Ríos se levantó de la mesa y los demás también. Castro Monsalve avanzó marcialmente orgulloso de la condecoración que le otorgó la Cámara edilicia por el caso que nos ocupa. Ríos abrió fuegos, —luces muy bien con ese elegante uniforme y el Guardia Nacional —se sintió muy orgulloso. —Ahora todos brindaremos —indicó el Comisario alzando la copa. Goncálvez aprovechó de tomar a Castro Monsalve por la cintura y acercarlo más a la mesa, ya Jorge Zambrano, había dispuesto el nuevo orden de las sillas alrededor de la mesa redonda y había asignado al Teniente una silla. —Bueno ahora si —dijo el Jefe Policial, con las copas en alto— a dos semanas de la eliminación de este flagelo y desde el punto de vista de la investigación criminal el caso está resuelto", no puedo más que felicitarlos a todos por el trabajo realizado e instarlos a que sigan combatiendo al hamponato o a las organizaciones criminales, es la única manera de proteger a nuestra sociedad y a nuestras familias. Hoy la ciudad descansa porque le metimos el pecho a este caso, pero estamos casi seguros que surgirán otras y nuestro trabajo no es ver si un Tribunal les suelta o no, nuestro trabajo es frustrar esas intenciones, desbaratar los planes de ellos, atraparlos, neutralizarlos y desarticularlos; si es que salen a la calle les va a costar trabajo hacerlo de nuevo. Por lo menos estos doctorcillos de pacotilla, Jefes de esa organización criminal nunca más saldrán a la calle y si lo hacen serán ya viejitos chuchumecos; fíjense, les cuento algo, pero vamos a sentarnos indicó —pues se estaban calando el discurso parados— Juan Antonio Fuenmayor Fernández, Argimiro Meléndez, el psicólogo Istúriz, y los ciudadanos: Marino Vergara y Martín Salgado, todos ya capturados, fueron de una pandilla cuando menores que cometieron atracos y homicidios, vivían en el mismo barrio en Catia La Mar, y solo fueron fichados como menores pero no pasaban por el Archivo Criminal que reseña solo mayores, a eso se debe que no tenían antecedentes, solo Martín Salgado, le aparecen antecedentes recientes. Parece que en esa época una organización no gubernamental era como una fundación mejor dicho, estaba trabajando con estos zagaletones, jugando a rescatar los menores, bueno… disculpen la ironía, es que uno a veces no cree en la inserción social del delincuente, para la muestra un botón con este caso, a lo mejor si funciona en otros, el asunto fue que estos carajos se prepararon con el apoyo de gentes preñadas de exquisitos sentimientos y con apoyo del estado salieron adelante, pero sus vicios ocultos y las mañas no pudieron borrarlas, ahora lo extraordinario fue como idearon este parapeto que fue la estructura de una nueva seudo secta para aprovechar los fines perseguidos. Bueno eso se debió al dominio del razonamiento y su capacidad analítica y un profundo conocimiento de la cultura de la región producto de sus desempeños profesionales, ese era Wladimir Romero, que empató el discurso de Ríos y que como Antropólogo cultural que era, se había forjado su propia filosofía crítica de la historia de los eventos que acaecieron, —así prosiguió— sin embargo existiendo tantas religiones y sectas como: la católica, el santerismo, los evangélicos, pentecostales, los testigos de Jehová, cultos diabólicos, ritos mágicos, hechicerías, magia negra, etc. Entendemos que fue fácil la aceptación del sincretismo por parte de la población ya en muchas partes se hablaba de una "Nueva Vida", eso insufló en el colectivo, una manera de ver el futuro, porque con este fenómeno se vendieron muchas cosas, una la salvación de La Guaira de un fenómeno desconocido que acabaría con la ciudad, otra la aparición de riquezas inmediatas y la salvación real de las almas, para esto usaban la advocación de la Virgen de la Candelaria como portada principal y a la religión católica, eso lo andaban predicando por allí en la calle unas 150 personas que ya ellos en sus reiteradas conferencias y eventos participativos del pueblo la estaban llevando a cabo desde un año atrás, habiendo sido adiestrados para tal fin.

El otro aspecto era revelado en la montaña, aquellos semi discursos que habían escuchado de los predicadores, al usar un lenguaje bíblico, produjo en los incautos el efecto deseado: La curiosidad de ir por primera vez a la montaña, allí presenciaron el otro lado oscuro de la moneda, el rito mágico religioso, que luego invocó al demonio, por si ustedes no lo percibieron. Wladimir, hizo un alto en la explicación, vestía una camisa azul de seda con franela negra de fondo, su pelo aindiado liso muy liso sobre salía ondulado al final del occipucio y amontonado, parecía una colita, era su estilo nuevo de peinarse, la camisa que no estaba cerrada en el pecho en tres botones estaba arremangada hasta los codos, luego observando la reacción de la gente a sus aseveraciones, entendió que le iban a preguntar de inmediato—. Freites raudo le picó el ojo y Zambrano, se apuró en interrogar —¿Pero no estabas hipnotizado?, Ja, Ja, Ja, río y continuó— ¡no Zambrano Istúriz como maestro de ceremonias, de la ilusión, del hipnotismo, del esoterismo, o mejor dicho como un buen brujo científico, los hipnotizó a ustedes con un manejo extraordinario de hipnosis colectiva, por eso no vieron cuando una gran figura diabólica bajó y en ese momento que por supuesto eran efectos especiales, pero los espectadores tampoco lo vieron porque ellos también estaban hipnotizados, uno porque era un sometimiento psíquico colectivo y otro porque habían repartido bebidas hipnóticas, fue que Istúriz, quien invocó al demonio y le rindió culto por tres minutos, en un momento la poderosa voz, realizada por la electrónica del sonido, gritó: Sanatas, que es Satanás al revés; no podía ser de otra manera, a Dios, nuestros Señor no le vas a rendir un culto o pedirle riquezas ¿Verdad?, sin embargo los invitados aunque fueron católicos, evangélicos y ateos, les dieron un cóctel para que más o menos asimilaran el encuentro con el diablo a medias, a los otros policías no los hipnotizaron al momento, porque no oyeron a Istúriz, menos mal que solo se quedaron ustedes presenciando eso y los demás funcionarios trabajaron en el allanamiento desconectados del evento, porque si no los desarman a todos y sueltan a los que estaban presos afuera—. Interrogó y preguntó Jorge Zambrano, forzando a Wladimir a hacer un alto —tú te encontrabas hipnotizado. —Sí pero a mitad del evento desperté. —¿Pero combatiste? Casi todos hablaron a la vez, menos Héctor Freites. —¡Sí! Istúriz —agregó Wladimir— me preparó psíquicamente, él sabía que yo era experto en artes marciales y el otro un actor, fíjense que el hombre combatió de verdad y yo lo desarme realmente, en ese momento no había nada preparado porque nunca entrenamos, porque en las continuas sesiones psicoanalíticas había averiguado toda mi vida.

Todos celebraron a la vez, por lo demás Ríos, ordenó servir un segundo whisky a todos y brindó por los funcionarios que estaban en el operativo, Detectives y Guardias Nacionales, pero que no estaban presentes ahora. Dijo —Felicito a la Guardia Nacional por el excelente desempeño, mis hombres y los Guardias van a ser condecorados en otro acto mañana, Gracias a Dios. De inmediato gritó el Teniente Castro Monsalve —¡Viva La Guaira! —y Wladimir le secundó— ¿Viva la Población de Tarma!

CAPÍTULO X

Romero, había comprado un vehículo *Fairmont* azul y se estacionó. Héctor Freites le aguardaba en un Bar de Tarma, cuando se apeó. Héctor salió del Bar y lo abrazó —¡Hey hombre!, ¡Qué bueno, te tengo una sorpresa Wladimir!, —¿Si? —interrogó pasándole los seguros al vehículo recién comprado— ¡Pero vamos a conversar primero, con unas cervecitas y luego nos vamos a casa! —¡bueno, bueno! ¡Si! Claro lo que tú digas Héctor. Wladimir siempre miraba el piso por costumbre, iba feliz, eran las dos de la tarde, el sol reverberaba y extrajo un pañuelo grande con bordado dorado con las iniciales de W R, con él se secó el sudor, subieron dos gradas y entraron al negocio, Héctor ordenó dos cervezas y brindaron.

—Me confieso contigo compañero —dijo el negro— ya no necesito de psicólogo ni ocho cuartos, ni que nada. Asombrado el indio, interrogó —¿Ajá?, —peló los ojos— ¿y? Tranquilo mira ya no tengo impotencia, todo volvió a la normalidad. —¡Coño! Qué bueno, claro carajo ese caso te tenía loco Héctor. —¡Sí!, y la presión de todo, pero ahora Ríos, bajo la guardia y no jode tanto, está contento, él es un yoista y le gusta el protagonismo, pero es muy bueno como policía —sin embargo, Wladimir puso cara de lejanía y de fastidio— ¿Y eso?, Cuéntame de ti. —Claro Héctor, a veces me da risa, verga, pero hay muchas cosas que pasaron que aún no están claras. ¿Por qué tantas coincidencias? —Ahora déjame decirte Héctor, este psicólogo es un hijo de puta, a última hora me manipuló a su antojo, me hizo creer que tenía el cacique atrapado en mi psiquis, ¡qué sé yo!, tuve que ir al Psiquiatra Forense por intermedio de mi profesora Antropóloga y me puso con la Psicóloga, quien ratificó el diagnóstico inicial de Istúriz lo de las personalidades múltiples *Post Shok* Traumático, no me aclaró nada de la regresión o tal vez un sueño ¡pero bueno ya estoy librado de todo, te agradezco mucho, tú me ayudaste, fuiste mi terapeuta negro del carajo, pero mi mejor amigo y se abrazaron fuertemente. —Sin embargo, Wladi, le dijo cariñosamente, verga tengo mis reservas, ¿rencarnaste de verdad y fuiste ese Cacique? —¡Carajo negro! ja, ja, esas son mis dudas, compañero bueno dejemos eso a Cristo nuestro salvador y punto.

—¡Ahora viene la sorpresa! Vamos a mi casa. Se montaron en el *Fairmont* y recorrieron varias cuadras llegando a la residencia de Héctor Freites, bajaron del vehículo con unos dulces para deleitar a la bella esposa de Héctor, una catira de 27 años que también estaba en el porche de la casa.

Todos los presentes, eran amigos de los Freites, reunidos a propósito y cuando llegaron gritaron y aplaudieron a Wladimir, pero sospechosamente lo invitaron de primero a entrar y avanzar a la sala. Caminó lentamente, uno, dos, tres, seis pasos y a la vez miraba hacia atrás a la familia y abría las manos como preguntando, ¿Por qué tanta expectativa?, pero todos reían y la esposa de Freites lo empujaba suavemente.

Irrumpió a la gran sala, habían bombas, orquídeas, materos con enredaderas lanzadas sobre las ventanas de metal, cintas blancas y azules, el color preferido de Wladimir, un gigantesco corazón de anime azul, cruzado por una flecha de verdad indígena, y una alfombra roja, al fondo una torta de cinco pisos, dos grandes cornetas y unos muchachos con una miniteca, otro grupo grande de tamboreros y morenas hermosas componentes del grupo musical y muchas personas invitadas, o sea, que había una fiesta y Wladimir, no salía de su asombro —¡No gritó!, Freites ¡no!, ¡hombre mira al fondo! por la alfombra roja de 30 mts. venía una mujer blanca de pelo negro largo con una rosa roja de lado, de treinta años a lo sumo, vestido rojo ceñido a su precioso y esbelto talle.

¡Wladimir se quebró!, ¡comenzó a llorar!

No se pudo contener, giraba la cabeza en señal desaprobación, ¡parecía decir, no! pero en realidad es que el corazón palpitaba aceleradamente de felicidad, la mujer fue muy lenta, también lloraba, el hombre sacó el gigantesco pañuelo se secó las lágrimas y corrió hacia la damita, el encuentro fue emocionante, se besaron rabiosamente, sus bocas fueron esa noche un poema de amor, un encuentro inolvidable para las demás personas que allí se encontraban. —¡Mercedes —gimió— Wladimir!, ¡mi amor contestó, Mercedes!, te amo. —yo también te amo, te pido matrimonio en este momento—. —Sí, sí, sí y besó al indio efusivamente. Agarrados de la mano dieron las gracias a todos que aplaudían y enseguida arrancaron los tambores y el baile. Rosita le pidió perdón a Wladimir por no consultar con él, —pero fui a buscarla al llano Wladimir. Entonces la abrazó con ternura y le dijo —No señor, más bien que Dios te lo pague toda la vida, y la besó tiernamente.

Al fondo un letrero muy grande tenía la siguiente inscripción: 2 de febrero de 1983.

2 DE FEBRERO DEL 2010.

—Buenas tardes —saludó un hombre negro, alto, vestido de flux beige, impecable con distintivo de Comisario Jefe del Cuerpo de Investigaciones Científicas Penales y Criminalísticas— Buenas Tardes Comisario, le respondió el Sub Inspector, Jefe de guardia de la División Contra Homicidios del C.I.C.P.C.— ¿En qué puedo servirle? Saludó a todos los de guardia, pero los Detectives ya se habían levantado a señal de respeto al superior y contestaban el saludo al unísono.

El Comisario Jefe, indicó que deseaba hablar con el Jefe del Despacho, y el Sub Inspector le dijo —¡Cómo no!, por favor siéntese —lo llevó a una salita delantera de la oficina del Jefe de Homicidios, mientras lo anunciaba— ¿Cómo se llama el Comisario? —Héctor Freites Rojas, hijo gracias, ya vengo, —el Detective luciendo una cartuchera de pistola Glock, vistiendo el uniforme de guardia de toda la vida institucional de buró detectivesco, camisa azul clara con corbata y pantalón azul oscuro, entró al despacho del Jefe. —Comisario con su permiso lo visita un Comisario Jefe de apellido… titubeó enseguida y se acordó del último apellido, se apuró a corregir el olvido del Comisario Rojas. Rojas —Bueno, bueno, hágalo pasar y gracias. El Detective salió y le hizo señas al Comisario Jefe que pasara, la puerta ya se había cerrado con el brazo mecánico, —¿Cómo es que se llama el Comisario? —le preguntó el Detective al visitante— pero ya desde adentro una poderosa voz, ordenó nuevamente que pase, traspasando la sonoridad, la puerta de madera. No hubo tiempo de decirle el nombre del Jefe de Homicidios, el Comisario abrió y penetró a la oficina y el Sub Inspector se retiró a la oficialía de guardia a seguir dirigiendo su labor diaria.

El Jefe de Homicidios, arreglaba algo en el escritorio e invitó a sentarse al Comisario, no sin antes darle la mano, en ese momento se miraron frente a frente. El jefe de homicidios tenía un distintivo de Comisario General, pero se quedaron paralizados —¡No! ¡no lo puedo creer! ¿Comisario General Wladimir Romero? —¡Sí! mi hermanito ¡sí! soy yo Héctor, mi hermano, y se abrazaron sin despegarse por unos minutos. —Que vueltas da la vida 27 años, y yo ya tengo cinco años jubilado —comentó el negro Freites— ¡carajo! ¡mira!, —habló emocionado Romero— después del caso me fui para el llano, yo perdí tu teléfono y tu pista Héctor, después Mercedes y yo nos mudamos para Caracas, consiguió el traslado con el Ministerio de Educación, tuvimos dos hijos, yo me fui a hacer un curso de profesionales en el Instituto Universitario de Policía Científica, me gradué de Sub Inspector y terminé otra Licenciatura en Ciencias Policiales, Post Grado y Magíster y bueno, trabaje al graduarme toda la vida en homicidios y mañana recibo la Dirección General de Investigaciones Penales del Cuerpo. Freites ya sentado, se reía, movía la cabeza hacia los lados y dijo. —Sí, no lo veo no lo creo. —Hermano ahora no nos vamos a perder, realmente venía pedir un favorcito de la División, porque me gradué de Abogado, pero te quiero invitar a tomarnos unos wiskis como en los viejos tiempos, pero más nunca te dejo desaparecer de mi vista Wladimir, por favor. El indio contestó —¡si va! chamo— a pesar de sus canas estaba igual de fuerte y joven de espíritu; por eso le contestó con la jerga juvenil.

Se Dirigieron a la tasca de la Avenida Urdaneta más frecuentada por Wladimir Romero. —Siéntate mi hermano Héctor, yo lo hago aquí —y se colocó al lado en la barra del negocio— Mira Héctor, ja, ja, como en los viejos tiempos, en la barra, qué tiempos, el humo de los cigarros, de los clientes a las cinco de la tarde los envolvía. —La superficie de la barra bruñida al máximo les permitía verse la cara, al frente con gran lujo grandes barricas decorativas de vino añejado, de viñedos argentinos, también una preciosa bota colgada en la pared de la barra para ser usada con aguardiente en las corridas de toros. Lo demás eran muchas bebidas alcohólicas, abiertas solamente una de cada especie. Por lo menos un Ron especial que llamó la atención a Freites, obligó a Wladimir sugerir unos "Cuba Libres" con amargo de Angostura para comenzar. La cara de Héctor, se estiró de alegría. —Bueno vale quién iba a creer esto, un rencuentro… no… no…, Juan el barman colocó los dos elegantes vasos de vidrio con los "Cuba Libres", un palito rojo con una cereza en la punta y media naranja picada en el borde de cada vaso. Brindaron felices, sonaba un suave bolero de fondo. Era Carmen Delia Depiní, en amor perdido. —¡Qué vieja, pero, que bella y melodiosa, —¡se refería a la canción. Freites que tenía 61 años de edad, seis más que Wladimir, —a mí también me gusta Héctor, por cierto, que no me ha ido mal en la policía —ahora Wladimir se quitó el paltó, se desanudó la corbata y sonrió como liberado de ese yugo formal del flux. Cruzó las piernas y un calcetín negro con las iniciales de su nombre en dorado apareció a la vista de Freites, quién observó con fruición —¡Ja! no has cambiado nada comentó. Mira quería decirte como algo sin mayor importancia, ¿Tu conociste al Comisario General Cuoto Rondón? —¡ah claro que sí hombre! era una alta autoridad en mi época. Bueno pues fíjate, Héctor, me lo conseguí en estos días, yo no lo conocía lo había visto en fotos en esa oficina de historia del C.I.C.P.C., un día me acerqué hablando con el Comisario fundador, junto a las historiadoras Ángela Valenzuela y a Rosita que es la actual encargada... y… me hablaron muy bien de él, fue muy proactivo como investigador, pero la conversación con Cuoto, fue variada, pero no dejó de mencionar la explosión de Tacoa, que te parece y por ahí nos fuimos, hablamos tanto y hasta me contó que bajó en helicóptero hasta la planta, cuando llegó allí, descendió y lo recibió un ingeniero compañero mío, te diré que yo lo vi a mi lado, los demás me dijeron que era el jefe de la PTJ encargado de investigar la explosión. El ingeniero Guerra, insistió en subirlo al tanque siniestrado inicialmente, pero él se negó, ya había visto bastante en diez minutos decidió regresar a la sede central de PTJ, informar al Director y organizar los equipos para investigar. Me contó que todavía en el Helicóptero subiendo por la quebrada de Tacagua a diez minutos del sitio del suceso, el Director le informó por radio que había explotado por segunda vez el tanque, y de manera muy relajada le dijo al piloto "¡carajo! de la que me salvé". — Efectivamente Héctor, mi compañero el ingeniero falleció allí, entonces se salvó Cuoto y yo también, ¡Viva! y Chocaron los vasos de Licor.

FIN

Sobre el autor

Orlando Medina, autor de esta historia, irrumpe en la narrativa venezolana a final del siglo XX y a comienzos del tercer Milenio: primero publicó Relatos Criminales, siguió con Detectives en acción conjunta-mente con los escritores Wandolay Martínez, Álvaro Pacheco y con la  Historiadora Ángela Valenzuela en Cuerpo Técnico de Policía 1958-2001 a Cuerpo de Investigaciones Científicas Penales y Criminalísticas 2002, TSU en Criminalística y Licenciado en Ciencias Policiales del Instituto Universitario de Policía Científica, graduado en Docencia Superior en La UPEL. Investigador Criminal de Profesión con 30 años de servicio en el Cuerpo de Investigaciones Científicas Penales y Criminalísticas, dedicándose durante más de 20 años a la Docencia en El Ejercito Bolivariano, IUPOLC y Organizaciones Privadas, en varias materias de la Investigación Penal.

En medio de sus ejecutorias policiales, decidió caminar por los senderos comunicacionales, durante 24 años en la Radiodifusión como locutor y productor nacional independiente, también como conductor y director de programas de Seguridad Integral y en los medios impresos como columnista. Hoy vuelve a la narrativa detectivesca, con **Rostro Oculto**, dentro de la policromía de varios escenarios históricos, donde luego de recordarnos un desastre petrolero catastrófico, evolucionó hacia las gestas independentistas venezolanas, insertándose en una interesante investigación criminal, mostrando el ABC de las Ciencias Criminalísticas Forenses y la idiosincrasia de aquella década de los ochenta